NK INK INK INK INK INK IN
K INK INK INK INK INK INK
NK INK INK INK INK INK IN
K INK INK INK INK INK INK
NK INK INK INK INK INK IN
K INK INK INK INK INK INK
NK INK INK INK INK INK IN
K INK INK INK INK INK INK
NK INK INK INK INK INK IN
K INK INK INK INK INK INK
NK INK INK INK INK INK IN
K INK INK INK INK INK INK
NK INK INK INK INK INK IN
K INK INK INK INK INK INK
NK INK INK INK INK INK IN
K INK INK INK INK INK INK
NK INK INK INK INK INK IN
K INK INK INK INK INK INK
NK INK INK INK INK INK IN
K INK INK INK INK INK INK
NK INK INK INK INK INK IN
K INK INK INK INK INK INK
NK INK INK INK INK INK IN
K INK INK INK INK INK INK

一泉活水

陳其寬

鄭惠美・著

右：謙謙君子陳其寬，涵容建築與藝術於一身，二〇〇三年。
（攝影／鄭惠美）

左上：十三歲的陳其寬，就讀於南京中學，一九三三年。
左下：陳其寬與（右一）與藝文朋友合影，左二為水墨畫家劉國松，一九六七年十月十日。

右：陳其寬所設計的約旦老王紀念教堂。
左：東海大學路思義教堂。（攝影／鄭惠美）

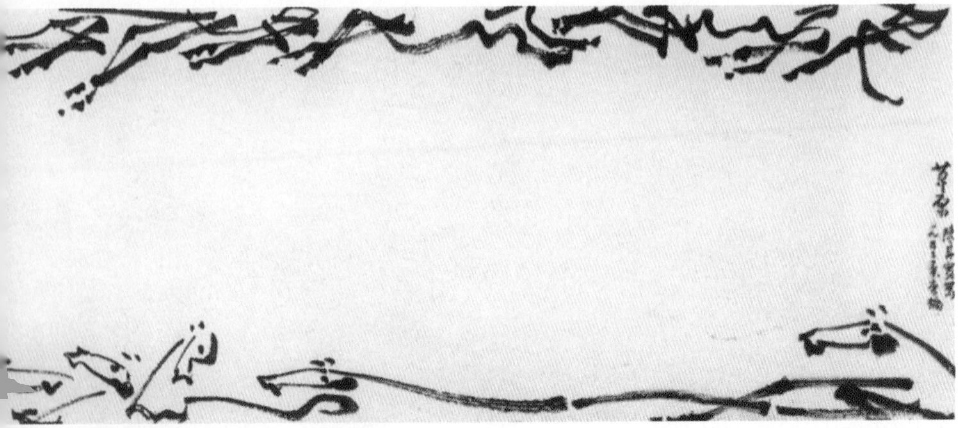

上：

《草原》　1953　水墨　25 × 120 公分

陳其寬結合設計與書法，

把一雙雙飛快、奔騰不已的馬腳，畫在上方，一匹匹馬頭則畫於下方，

中間一匹小馬，連綿不斷的線條，充分展現出中國書法的書寫性。

下：

《霞》　1968　水墨　25 × 120 公分

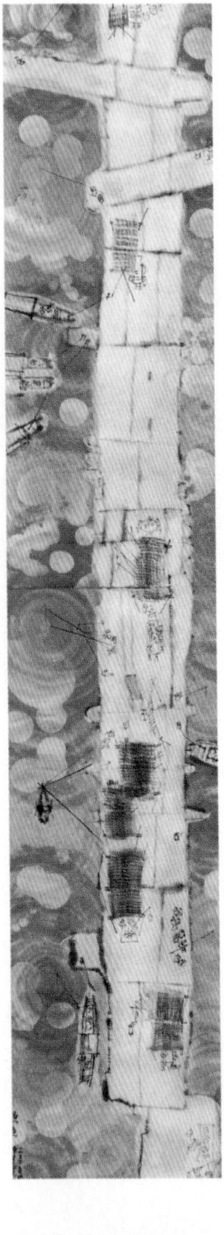

右：
《運河》　1952　水墨　120×25公分

中：
《街景》　1952　水墨　120×25公分

左：
《漁魚》　1953　水墨　120.5×23公分

《生命線》　1953　水墨　23×31公分

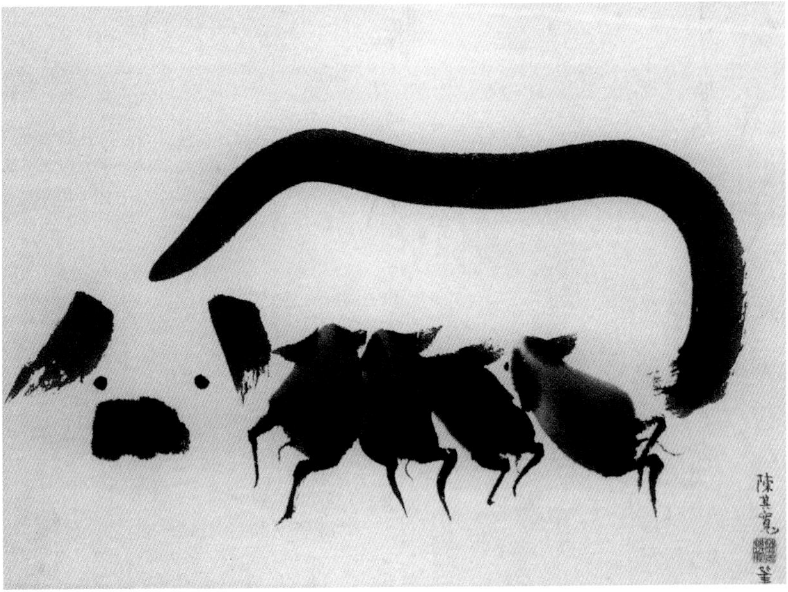

右：
《少則得》　1977　水墨　14 × 17 公分

中：
《灘》　1982　水墨　92 × 30 公分

左：
《湖》　1992　水墨　186 × 30 公分

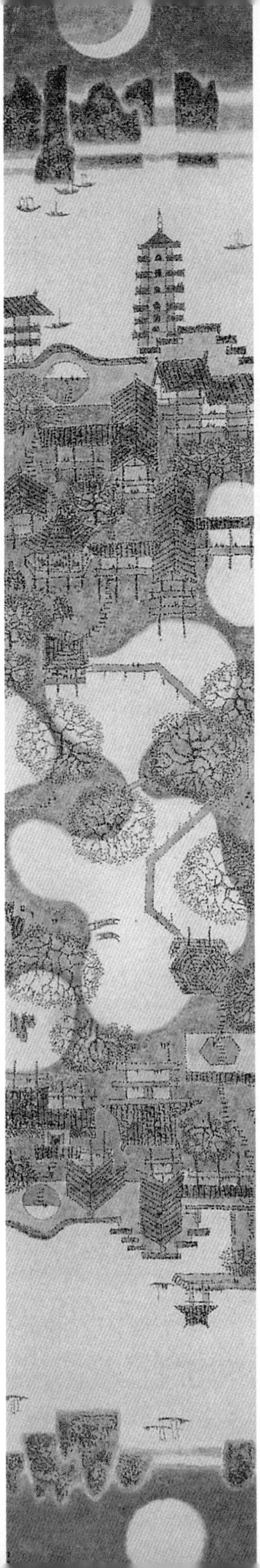

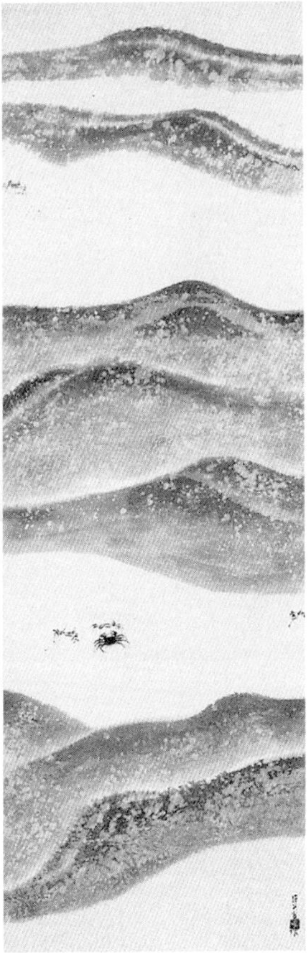

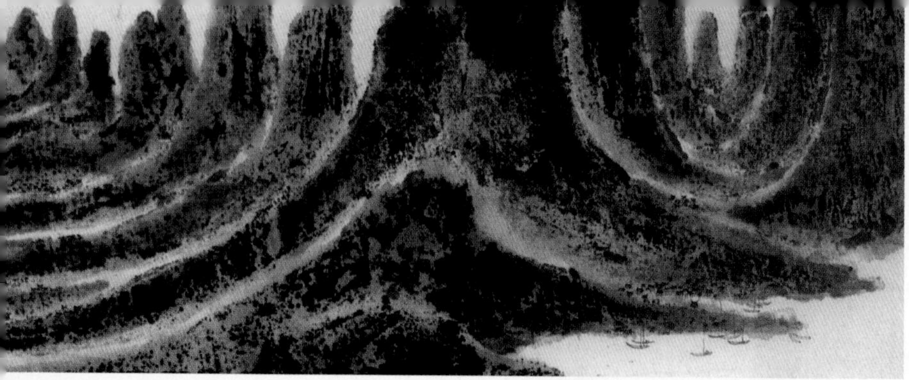

上：
《縮地術》　1957　水墨　23 × 122 公分

中：
《朱顏》　1957　拼貼　23.7 × 120.7 公分
陳其寬以西方現代藝術的拼貼法，表現中國繪畫的另類情境。
詮釋李後主〈虞美人〉詞中的「雕闌玉砌應猶在，只是朱顏改。」
抒發故國殘破，不堪回首的詞意。

下：
《蝦舟》　1967　水墨　22.5 × 121 公分

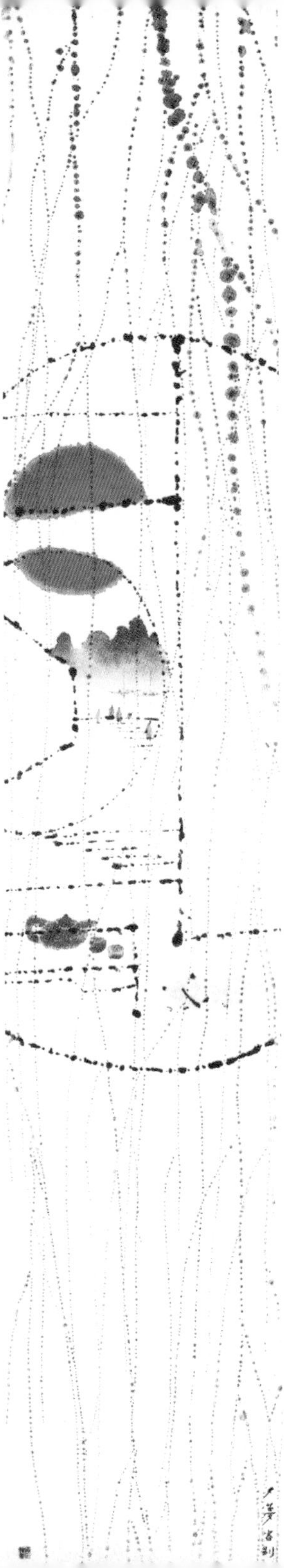

右：
《燈》　1964　水墨　46.6 × 46.6 公分

中：
《夕夢客別》　1965　水墨　121.5 × 22.2 公分

左：
《蜉蝣半日》　1967　水墨　183.5 × 23.5 公分

《橋》 1988 水墨 61×61公分

第八屆
國家文藝獎
美術類得主

陳其寬得獎理由

1

具備建築師的美學視野，融合抽象觀念，
使用水墨素材，創造出一種新繪畫藝術，
用以表現某種幻境的、建築的、超時空的、輕靈的、純粹想像世界，
作品深具創造力和自由特質。

2

融合了追憶和虛擬，加上強調此時此刻的「新」之探索，
作品演變呈放射的、並置的和多次元的擴張狀態，
在藝術創作上深具獨特性。

3

畫作具有裝飾性色彩、建築的線條和迷幻的空間，
啓發了我們對這周遭環境一種新看法，
風格深具啓示性與累積成果。

第八屆國家文藝獎美術類評審委員

目次

序幕

如果沒接到那通電報，那麼，陳其寬今安在？

一九五一年一月三十日是陳其寬生命中一個關鍵的日子，當時在美國已取得伊利諾大學建築碩士，並榮獲伊利諾州丹佛市市政廳設計第一獎的陳其寬，正與獲得氣象學博士的姊姊捆好行李，兩人準備一起搭船返回中國。他預計回國赴天津交通大學任教。突然他接獲來自劍橋哈佛大學葛羅培斯（Walter Gropius）所長的一封電報，上面寫著：「研究所突然有一名空額，請速於二月五日來校上課。」姊弟兩人喜極而泣，姊姊當機立斷要他把握機會留在美國，她一個人回去照顧父母即可。那一封電報使陳其寬繼續停留美國，開展出他傲人的建築與繪畫成果。

而姊姊回國後六〇年代遇到文化大革命，被說成是美國的間諜，吃盡苦頭，最後得病去世。文革時他父親因爲在國民黨時代任職教育部，與張道藩、陳立夫共事，因而被鬥、被批，全家下放到蘇北勞改，境況悽慘。而當年中央大學建築系同班同學文革時代不是瘋了，就是跳河自盡或病了，所剩無幾。如果不是那封電報讓他留在美國，他在中國大陸的命運又將如何？

如果沒接到那通電話，那麼陳其寬會來台灣嗎？

一九五四年四月的某一天，仍在劍橋葛羅培斯聯合建築師事務所工作的陳其寬，忽然接到紐約大地產商威奈公司建築部主任貝聿銘的長途電話，希望他協助規畫東海大學校園。如果不是接到這通電話，陳其寬可能在美國繼續發展，他不會來台灣，也不會獲得東海大學吳德耀校長的青睞要他籌辦東海建築系，成爲創系主任。甚至一九六二年與貝聿銘聯手打造路思義教堂，締造台灣建築史的一頁傳奇。他甚至在台灣結婚生子，安居下來。如果當年留在美國，相信他一定會成爲國際出色的華裔建築師與藝術家，因爲許多國際的藝評家都看好他。而且未來台灣前，他曾獲得美國《建築論壇》（*Architectural Forum*）雜誌主辦的青年中心全美競圖第一獎，也已在美國個展十次，是非常優秀的建築師與畫家。如果不是那通電話，那座舉世聞名的路思義教堂就不會在地球上誕生，而他與台灣的關係可能也非常淡薄。

如今回首再看，他是台灣第一位引進包浩斯設計教育的學者，也培養出許多優質建築師，一九六七年當選台灣十大建築師，一九九五年又當選台灣首屆傑出建築師。他在台灣一轉眼已居住了四十餘年。那通電話，確實是他人生命運的轉捩點，也拉起他與台灣的親密關係。

二〇〇三年十一月八日台北市立美術館爲陳其寬舉辦「雲煙過眼——陳其寬的繪畫與建築」展開幕典禮時，陳其寬才一上台，便開始抽泣起來。陳師母馬上上台安慰，並代爲致辭，她說：「陳老師回國四十年來在台灣一直默默地耕耘，今天他看到海內外許多好朋友、校友蒞臨現場，讓他太感動了。」

的確，陳其寬這一哭，哭出了由美國來台灣，在台灣四十多年終於出人頭地的心聲淚痕。

他怎能不哭呢？作爲一位畫家，七十歲之前他是不被台灣畫壇接受的；而作爲一位建築師，畢生最嘔心瀝血的路思義教堂代表作，卻又被世人認爲是貝聿銘的傑出建築。今天能在美術館公開展出，他眞是悲喜交集，喜極而泣。「作品會說話」，一切的委屈與辛酸，都盡付淚水，又如雲煙過眼，讓它去。

話說一九九〇年八月二十七日台北市立美術館舉辦「中國・現代・美術」國際學

術研討會，其中藝術史學者郭繼生發表〈傳統的變革——陳其寬的藝術〉論文後，竟引起與會人士的議論紛紛，大家對陳其寬的畫家身分頗為質疑，有人認同，有人反對。反對者認為他只是建築師，不是畫家。①

最後講評人美國堪薩斯大學藝術史教授李鑄晉說：「關於陳其寬，我們發現其中有一個特別的現象——作為一個畫家，他在國外的名聲似乎大於國內，在台灣一般人認為他是一位建築師，知道他是畫家的人反而不多，其實五〇年代，在紐約一年一度的展覽中，他即已享有盛名了。陳先生在台灣居住三十年，這期間卻沒有一個較完整有系統介紹他的個展（這也許和他個人較沉默的個性有關）。此時介紹他，是一個很恰當的時機。」②

沒想到與會人士的質疑，竟讓陳其寬有機會進入國家最高的美術殿堂，一展身手。台北市立美術館為了讓觀眾一窺陳其寬究竟是建築師還是畫家，終於在翌年一九九一年舉辦「陳其寬七十回顧展」。這不是因禍得福嗎？對陳其寬而言，不怕展覽，只怕沒機會而已。

行事一向低調的他，更沒料想到十二年後，二〇〇三年台北市立美術館竟主動邀請他舉行大型的繪畫與建築展，肯定他在美術界的傑出表現與建築成就。這回他既是畫家，也是建築師，兩個角色並不衝突，更可相輔相成。

第一章　路思義教堂之役

當陳其寬的畫展沸沸騰騰展開之際，二十天後，十一月二十七日《聯合報》文化版赫然出現「路思義教堂設計者鬧雙包？」的醒目標題。記者陳宛茜報導說：「《與貝聿銘對談》書中，貝聿銘在林兵的訪談中，談到東海大學的路思義教堂，他第一句話就說『路思義教堂完全是我設計的』，隻字未提目前在北美館展出路思義教堂設計圖的建築師陳其寬。」

陳其寬說：「當時教堂的案子是掛在貝聿銘的名下，而我的每張設計圖與修改，也都須貝聿銘的同意才能繼續進行，兩人應該共同掛名路思義教堂的設計者。」陳其寬表示，雖然早年兩人並未簽訂共同掛名的合約書，不過他手上的信件與設計圖可以證明。

總是謙謙君子的陳其寬，雖受委屈，仍把貝聿銘的談話解讀成是訪談者的筆誤，

路思義教堂（攝影／陳其寬／1963）

而且還聲明他與貝聿銘是朋友，他不會對他的發言提出抗議③。如今這段建築公案，在兩人都已八十餘歲的今天，恐怕只能成爲一座路思義教堂各自表述。

陳其寬的涵養與心胸，正如其名，何其寬厚，從不與人爭，只是默默地做，不在乎得失，正如李鑄晉所說的也許是與他個人沉默的個性有關。正因如此，在西方世界與台灣人的記憶中，路思義教堂一向只與貝聿銘掛在一起。

甚至這一年十月東海大學因不滿台中市政府開闢道路經過校園，校長王亢沛提起路思義教堂也只提貝聿銘，他說：「路思義教堂是國際知名建築師貝聿銘的傑作，台灣擁有的世界知名建築師不多，胡志強可以花幾十億元蓋古根漢美術館，如果坐視路思義教堂被破壞，簡直是國際笑話。」④

此時八十六歲的貝聿銘正在白宮接受美國政府頒發的「史密斯松尼安古柏惠特全國設計終身成就獎」。

翌年七月，陳其寬以建築師兼美術家的雙重身分，獲得第八屆「國家文藝獎」（二〇〇四），在他上台致辭的得獎感言裡，他特別感謝三個人，一位是葛羅培斯的栽培，一位是太太的辛苦持家，另一位則是貝聿銘。他說：「第二位要感謝的是貝聿銘先生，他請我來台灣規畫東海大學校園，我才有機會在自己的國家發揮建築專業——圓我的建築美夢，並創辦東海大學建築系與台灣結下不解之緣。」

雖然貝聿銘在他的書中，根本不提陳其寬設計教堂一事，陳其寬仍感謝貝聿銘對他的知遇。

貝聿銘的邀約

他們的這一段因緣，肇始於一九五四年四月的某一天，這一天是陳其寬生命的轉捩點。

「其寬，台灣有一項工程，請你來，也請把張肇康一起找來，到紐約來一趟。」仍在劍橋葛羅培斯建築師事務所工作的陳其寬，在接到當時在紐約大地產商威奈公司擔任建築部主任的貝聿銘的長途電話後，不久他便找到張肇康，兩人聯袂到紐約與貝聿銘見面。他倆才知道紐約的中國基督教大學聯合董事會，正要在台灣籌備一所新的教會大學，委請貝聿銘負責設計規畫。

貝聿銘在二月底時已先行來過台灣，勘察大度山的基地，並參加東海大學第五次董事會，會上他表示：「此一機會極爲難得，能參加東海所代表的一項大學之工程，就建築師看來，不論在職業上或名譽上，都是莫大的機會。」⑤這的確是千載難逢的機會，只是貝聿銘工作太忙，根本無暇兼顧，加上先前在台灣的公開徵件，又不符合他的理念。因而貝聿銘私下邀請他們兩人幫忙。談完後，貝聿銘不忘提醒他們：

「你們回去想想看，也把你們需要的條件、報酬開出來！」

一星期後陳其寬從劍橋寄了一封信給貝聿銘，信中的主要重點，只有一句話：「我希望能與你共同具名做這件事。」當他們又在紐約見面時，貝聿銘更是爽快地一口答應：「沒問題！」三個人於是攜手合作，打造一個從無到有的教會大學。

貝聿銘與陳其寬兩人的認識是貝聿銘在美國曾看過陳其寬的畫展，而他爲什麼會找陳其寬合作規畫東海大學校園呢？

「也許是我在葛羅培斯聯合建築師事務所工作的關係。」陳其寬在葛羅培斯聯合建築師事務所時，就曾經幫忙事務所拍過華東大學的建築模型，而華東大學正是大陸易幟後改在台灣設立的東海大學，設計者也由原先的葛羅培斯變爲貝聿銘。

與貝聿銘在哈佛大學建築研究所同班同學的建築師王大閎在一篇〈雄心與野心〉的文章中說：「由於美國基督教育基金會決定在中國東部建立一所華東大學（後改設在台灣易名「東海」），該會決定讓葛羅培斯設計。葛羅培斯最厭惡別人批評他的設計國際性高，缺乏地區風格和色彩，所以希望兩個學生（貝與王）能指出中國建築的精神，以作爲他設計的依據。事過多年，這件工程不知爲何最後竟落在IM（貝聿銘）手中，這事當然使葛羅培斯極不愉快。」⑥

當貝聿銘的微笑，遇到陳其寬的巧思，終於迸放出台灣建築史上的一頁傳奇！

陳其寬要離開已經工作了三年的建築師事務所時，心中非常不捨，而事務所的同事都勸他不要離開，因爲他們知道沒有好結果。可是陳其寬認爲能有機會在中國自己的土地上打造自己的大學，展現抱負，實現理想，圓一個建築的美夢，也是個難能可貴十分有意義的機緣。

當陳其寬決意放手一搏，放棄葛羅培斯聯合建築師事務所的寶貴職務，同時也辭去麻省理工學院的教職接受貝聿銘的邀約時，他的人生航向已經起了大轉彎。

東海大學遠景圖

一九五四年五月美國中國基督教大學聯合董事會的芳衛廉祕書長與他們開過一次會後，六月陳其寬便在紐約貝聿銘工作的威奈公司辦公室開始著手規畫。

董事會根本沒給他們三個人詳細的資料，只說學生人數以八百人爲限，至於要設立幾所學院或多少學系全由他們擬定。

貝聿銘在規畫東海大學校園之前，一九四六年曾與他在哈佛大學的老師葛羅培斯合作完成上海華東大學的規畫案，在那個因戰亂而無法執行的作品中，由於貝聿銘對聯董會過去在華設立的大學校園建築，如南京金陵大學、北京燕京大學、四川華西大學及山東齊魯大學等，都採用了北方宮殿式樣建築而頗不以爲然，「於是主張將我國的文化傳統建築的內在精神糅合進他的校園設計中，避開對樣式的追求，完成華東大學的設計草案。」⑦

吳明修建築師仍記得貝聿銘一九五四年三月來成功大學演講，曾說明他的華東大學設計理念。他說貝聿銘認爲中國人比較喜歡三五成群地聊天、清談和散步，所以他的華東大學的整個主要設計是一個非常散開的、非常spread out的設計，而且是四合院式的，幾個學院都用散步道把它聯繫起來，有些小亭、可以談話的角落，有水、有湖，至於男生宿舍，貝先生也以他對中國學生的了解，而做了一個閣樓式的空間，看書在上面，睡覺在下面。

所以吳明修建築師認爲東海大學的設計觀念很可能就是從華東大學引用過來的，因爲東海大學的設計在型態上非常追求整個的統一性，要一個四合院的建築，無論是文學院也好，理學院也好，都是在一個斜屋頂下，即使是實驗室也是一樣，整個校園沿著一條大道（mall）散布開來。⑧

吳光庭建築師從「空間」作爲建築設計主題來看華東大學，他從教室群的透視圖中看到斜角屋頂上的筒瓦運用，又從其他相關的校園建築透視圖中，看到配置組織上以「湖」、「水道」爲主題，串聯校園中各主要建築群，他認爲這是以傳統中國庭園爲藍本的規畫，讓校園空間有了中國傳統空間的想像與掌握。⑨所以「中國意象」也成爲當時他們三人規畫東海大學校園的共識。⑩尚未來過台灣的陳其寬僅憑著貝聿銘來台攜回的大度山基地資料與他的口頭描述：「東海的地形是西向東的斜坡，可以看到遠山一層一層，很美！」便在一九五四年九月貝聿銘要向基督教聯合董事會提出簡報的前一天晚上，用水墨趕出了一張有著層層山巒的東海大學遠景圖。

從這張水墨畫來看，整個校園好似被包圍在密布的林木中，隱約可見一條東西向的軸線橫貫其間，錯錯落落的合院，掩掩映映，圍出一個個院落，空間虛虛實實，是一個可遊、可居、無塵俗氣的中國林園。東海校園的設計，眞正的精神是在房子與房子之間所圍起來的院落。虛靈的院與實體的落，交織成虛實的空間節奏，樸實無華的民居與自然和諧無礙，而那看不見的「虛」比「實」更重要。陳其寬說：「中國人在建築上最大的發現，就是三個房子或四個房子合在一起，圍成一個院落，這是中國最大的發明之一。」

可是在整張視野遼闊的水墨畫中間，卻有個大草坪，這是中國庭園中所沒有的景致，從中可以嗅出陳其寬有意融入現代主義的建築情境。他說：「那是受了美國傑弗遜總統的影響，他是一位建築師，西元一八一八年他設計了一所大學——維吉尼亞大學，就有一個很大的mall（軸線），在草坪兩旁有兩排大樹，最後面是一座圖書館。」[11]

原來陳其寬是以美國最早的一個大學模式作爲規畫參考，把草坪放中間，以一條大道銜接兩旁錯落的合院校舍，再加上他不喜歡校園一眼就被人看穿，他便應用中國哲學陰陽相生的宇宙哲理，讓大家能優游其中，順著中軸線，一個院落遊過一個院落，開啓一個逸趣橫生的遊園經驗。

事隔五十年後，貝聿銘談起東海大學仍記憶猶新，他說：「當時我只是對規畫方案提出了初步的藍圖，具體的規畫則由陳其寬、張肇康二位先生執行。」[12]

的確，五〇年代的貝聿銘正忙於與那位全美最具野心的房地產開發商齊肯多夫，乘著一架私人噴射客機巡迴全國鄉間，到處開發許多雄心萬丈又規模空前的都市更新建築計畫。貝聿銘肩負著四處考察與數十項企畫書及提案管理工作的重擔，幾乎找不出時間設計。工作湧進的速度迫使貝聿銘放棄眞正的設計工作，只除了初期的雛形階段，餘的只好交由合夥代爲指導整個計畫。[13]

因此規畫東海大學的圖面設計，實際上都由陳其寬與張肇康兩人分工設計，所有的草圖在十一月定案（一九五四），經由紐約寄回台灣東海大學籌備會後，即由台灣本地建築師繪製施工圖，招標興工。經過密集施工，一九五五年十一月二日東海大學終於開學。

首次來台

由於第一期工程施工不太理想，一九五六年八月張肇康被貝聿銘派來台灣負責建築設計與監造，陳其寬便一人專心在美國設計教堂，直到一九五七年九月他才第一次到東海大學。

來台灣之前，陳其寬適巧剛拿到美國護照，他便到東南亞旅行，也到日本京都、奈良、日光等地考察桂離宮等古寺院、庭園及新建築，並會晤建築家丹下健三、盧原義信、清家清、愼文彥等人，他們都是陳其寬在美國所認識的日本建築師。

就在旅行途中，他接到基督教聯合董事會的一封信，希望他把東海大學的景觀作一個全盤的規畫，而貝聿銘也希望他能在東海停一下。於是陳其寬便風塵僕僕地趕往台灣，這一停便待了八個月，直到翌年的四月才離開，而在九月他又再度來到台灣。

紙上設計畢竟與眞實的施工情況不同，帶著興奮的期待第一次來到東海大學，陳其寬驚訝地發現整個校園被切割得七零八落，只因東海是塊坡地，蓋房子前必須先切地，東一切蓋行政大樓、西一切建文學院，校園被切得紊亂不堪，塵土飛揚，看不出任何動人的景觀，更無任何條理與秩序可言。

斯情斯景，陳其寬怎能僅作植栽的景觀規畫呢？他腦海裡浮現日裔地景藝術家野口勇，將自然地景及塑造融合於環境地形的景觀觀念，於是他當機立斷，決定第一步先整地，就是把校園坡地整成利於行走，適於建築又合於水土保持的地形，他把校園的土坡拉成平緩坡，使地形無稜角，又植草以防止風沙，第二步才是植栽，綠化校園，進行景觀規畫。

當陳其寬把教學區、陽光草坪、教堂周邊等區的地都整得井然有序

一九五七年陳其寬第一次到台灣，抵東海大學督建工程。

後，便在其他的區域栽種相思樹。那三、四萬棵相思樹，是在農復會擔任會計長的蔡一鍔董事長請農復會捐贈。如今耐旱又飄香的相思林已蔚爲東海森林，使東海校園更神祕、動人，博得了「森林大學」的美稱。

當初整地的原則是「不用挖土機，避免大駁坎」，陳其寬回憶著說：「僅利用人工，先將表土剷移至一邊，待整地後再把表土復原，然後再栽種蜈蚣草。」游明國建築師認爲「整地工作往往是建築師最弱的一環，故經常委由土木工程師來做。工程師只會考慮安全與排水的功能，而沒有整體環境美學的涵養，故坡地整完往往處處駁坎，工程費又高。」他推崇陳其寬以最經濟、最美觀的景觀手法，將東海塑造成合乎自然美的地形，對東海的貢獻，功德無量。⑭

文理大道

文理大道的植栽，在陳其寬原先的設計圖中是屬意又高又挺的法國梧桐樹，奈何在台灣遍找不著，便改種代表台灣本土風情的榕樹。

這條象徵東海校園主軸的文理大道，今日已是枝葉茂密，濃蔭密布的林蔭大道。石板路上綠草如茵，兩旁枝幹伸展綠蔭蔽日，形成一片詩情畫意的綠色天然場域。這又是一條具有人性尊嚴的大道，只供行人走路，而禁止車輛穿越，眞是很先進的「人車分道」。白天行走在其間，不但優閒自在，又可充分享受芬多精的森林浴；夜晚兩旁的方形燈座，閃閃亮亮，晶晶瑩瑩，電線桿完全被地下化，充滿柔美的情調。若不是陳其寬擅長繪畫，哪可能有這麼具有視覺美感又浪漫的綠蔭大道？

在五〇年代處處落後、貧瘠的台灣，陳其寬融入他先前走訪日本時看到日光當地寺院的參拜坡道，是兩旁斜坡走道，中間是一格一格的踏步，踏步間種草，如此簡單又富變化的坡道，引發了陳其寬的靈感，把中央大道設計成兩旁沿緩坡鋪成的石板步道，中間並有階梯式橫向走道的草坪，展現剛柔並濟的美感，與自由開展的空間尺度。

一九五八年九月陳其寬又回到東海大學與張肇康兩人分別負責不同的建築。一九五九年張肇康被貝聿銘調回美國，東海校園的規畫與督建便由陳其寬一人擔綱。這之前陳其寬已設計過的東海校舍且已興建完工的包括行政大樓、舊圖書館、女生宿舍、文學院、文理大道；而由張肇康設計完工的包括體育館、男生宿舍、理學院等建築。

東海大學文理大道。（攝影／鄭惠美）

這次陳其寬回來，吳德耀校長不但要他籌辦建築系，芳衛廉祕書長也指定由他設計東海所有的校舍，包括校長公館、學生活動中心、招待所，之後又設計建築系館、藝術中心（今音樂系館）及女單職宿舍。雖說打造東海校園的建築師群是貝聿銘、張肇康、陳其寬三位共同規畫，最後泰半由陳其寬負責設計的執行及施工監造，也注定他與東海結下深厚的緣。

東海建築系教授詹耀文，有幾次遇見外國人在校園拍照，他好奇地問他們怎麼會來學校，那些外國人居然說出一句令他永生難忘的話：「台灣的建築就只有東海大學。」⑮的確，東海的建築在五〇年代由三位接受現代主義思潮的留美菁英聯手合作，創校初期興建出既內斂又含蓄的合院建築，虛實的院落空間與廣大的草坪、森林，蔚成涵富人文氣質與自然風味的東海大學。只有置身其中，才能驚豔它迷人、細緻的風采。

那種一反雕樑畫棟、琉璃彩繪，而以灰瓦、紅磚、斜屋頂，素樸、簡潔、統一中又有變化的校舍，步步引人尋幽訪勝，一探虛實。正如陳其寬所說的：「行政大樓一樓挑空，是進入校園的一個最初意象，迎面而來的那道牆，欲拒還迎，原來繞到旁邊後，裡面是一個院子，還可看到遠處的圖書館，可是並不知道再往上走還有一條林蔭大道，等快到文理大道時兩旁的院落錯置其間，展現親切自然的空間變化。」⑯所以東海校園常常令人無法一窺全貌，而有「山窮水盡疑無路，柳暗花明又一村」的驚喜。

這所貼近人性空間尺度的東海校園，既傳承中國陰陽虛實的合院形式，又融入西方大草坪的寬敞、開闊，更暗合現代建築簡潔無華麗雕飾的風格，是中國風格現代化的初次大膽嘗試。雖然曾被第一屆的畢業生批評說：「不中、不西、不日。」陳其寬笑著說：「那四不像，正是新建築的誕生。」不過由於東海建築無論在建材上的原始感覺或色彩上的灰、黑、白，甚至形式上的斜屋頂、無曲線，整體的素樸、雅淨，有一些人批評是日本味，陳其寬卻以爲「我們不應該怕別人批評我們的作品『日本氣』……如果我們知道『日本氣』的由來是『中國氣』的話，對這批評是可以無動於衷的。」⑰如今被大片相思樹林環繞，超塵絕俗，獨樹一格的東海校園，早已被認爲是「相當經典式的中國建築的現代化。」⑱

在東海建築系早期畢業生的心目中，東海建築本身就是一個現代建築的教科書，因爲所有的結構與細部都交代得很清楚，而且許多材料用的還是台灣本土、地域性的材料，像清水磚、水泥瓦、卵石、檜木、陶管等原始材質。⑲吳明修建築師直陳東海大學的細部設計曾為台灣許多建築師所師法，對台灣的建築界有很大的影響。⑳自然與人文兼容並蓄的東海建築在仍是貧窮五〇年代的台灣，確實是引領風騷。

第一位引進薄殼建築

六〇年代當陳其寬奉命創立建築系時，他在建築上的個人理念便全然展現在他所設計的建築系館與藝術中心上。這兩幢建築不再是五〇年代文理大道上灰瓦斜屋頂、清水混凝土柱樑框架與清水紅磚各學院的建築形式。而是白牆包被的倒傘形屋頂結構與合院空間的結合體，陳其寬銳意求新的意志表露無遺。建築學者漢寶德說：「如果不是團隊作業，陳先生不太可能信守中國的建築原則，如何以靈巧的思維，創造出動人的空間與形態，才是他最關心的。」㉑

陳其寬雖畢業於伊利諾大學建築研究所，可是卻又在葛羅培斯的聯合建築師事務所工作，深受葛羅培斯包浩斯理念的薰陶。這位現代主義建築大師也是包浩斯學校創辦人的葛羅培斯在他所寫的《整體建築總論》中說：「我們不能再無盡無休地復古，……建築沒有終極，只有不斷地變革。」又說：「現代建築不是老樹上的分枝，而是從根上長出來的新株。」㉒

當陳其寬遇見這位充滿革新精神，新建築運動的奠基者與領導人時，他在創作上也就充滿了革新的意識。當他可以主導東海的建築時，他成了第一位引進薄殼建築的台灣建築師，他利用拋物雙曲面傘狀結構，做曲面傘狀屋頂，傘形的高低、大小變化，便組成一個四合院空間。他說：「包浩斯教育強調有什麼材料、什麼工具就利用它，發展出它的特色，產生新的東西。」這座藝術中心既有現代的RC傘狀結構又富中國建築的情趣，而且施工容易、省工、省料，很能彰顯陳其寬常強調的理性與感性的平衡。陳其寬說：「我做的房子都很省錢，我注重經濟，我不做不必要的浪費。」

漢寶德形容藝術中心是「一個典型的四合院，最高最大的傘建成的大廳是正廳，較低較小的傘建成兩廂；中央的天井，凹下去形成戶外活動空間；利用傘的出挑，天井四周形成了廊子。」[23]漢寶德認爲這是個簡單得不能再簡單的白色空間，整個建築上的裝飾，不過一個花瓶門而已，而這可能是陳其寬建築事業中最好的作品。[24]

所有的牆壁全漆成白色，是一座白色的建築在綠色的相思樹旁襯下，對比而悅目。記得葛羅培斯二〇年代所建造的包浩斯校舍大樓牆壁也是漆成白色，有意強調從新古典主義的厚重與幽暗脫離，而陳其寬的白牆建築也象徵著他要從東海大學五〇年代最早期的紅磚、灰瓦、斜屋頂的合院建築體系脫離，以革新的精神再造六〇年代既傳統又現代的語彙，陳其寬說：「我就是不喜歡東海原來紅磚、灰瓦的建築。」[25]陳

東海大學藝術中心（現為音樂中心）。（1962）

其寬無形中已把包浩斯的理性精神與中國院落組織的虛實空間觀作了巧妙的結合。

就在一九六二年藝術中心興建時，陳其寬發表一篇〈非不能也，是不爲也〉，他主張：「我們是不是非用雕樑畫棟、琉璃瓦來吸引人不可？難道沒有第二條路？何況中國的建築眞精神並不是我們通常所見的那一套，還有更好的一直沒有發揚出來，等著我們去發現。」他甚至呼籲：「我們應該要有以中國台灣爲世界中心觀的想法，而不是以什麼紐約或是巴黎爲世界中心的觀念。……我們都應該有這種信心，作出進步現代的建築，更進一步的對自己的作品自豪於世界。」[26]

四十二歲的陳其寬正充滿銳氣，以建築建構一個新形式的環境，追求現代中國空間構築的新向度，所以五〇年代末、六〇年代初興建完工的校長公館（一九五八）、招待所（一九六〇）、舊建築系館（一九六一）、藝術中心（今音樂系館）（一九六二）、女性單身教職員宿舍（一九六二）等白色建築，正是陳其寬關注空間、結構與材料，在創意與求新中，融現代主義與傳統於一爐的作品。

神的帶領

從一九五四年陳其寬在紐約所畫的水墨畫「東海大學遠景圖」開始，他已預見東海由點到面的發展，由無到有的孕生。陳其寬說：「我從規畫東海第一筆線設計開始，就參與東海生命的醞釀，感到東海就好像自己的孩子一樣，能有機會在自己土地上從事設計，並被校方徵召在四十九年開辦建築系，走上教學道路似乎是神的帶領。」㉗

也許眞是神的帶領，冥冥中自有許多奇妙的因緣。那座路思義教堂，由一九五四年的初步構思，一九五六年至五七年的深度修正，一九五八年至五九年的工程計畫停頓，一九六〇年的重啓教堂興建工程，一九六二年十一月一日的開工到一九六三年十一月二日的完工，它的命運由胎死腹中到起死回生，也許眞是神的旨意。

路思義教堂，台灣唯一躍上國際舞台的一座建築，榮膺一九五〇～一九七〇年代，最能代表全球傑出建築的二十幢建築之一。它一向是國人所公認並引以爲傲的聞名國際華裔建築師貝聿銘在台灣的唯一作品。

只是這座從地表上拔起，優雅地旋向天空的大跨度、大弧度的教堂，與貝聿銘最愛的幾何立方體的簡潔、量塊、純淨、俐落的最經典的建築脈絡，爲什麼那麼迴然不同？

當一身的光環都落在這位舉止溫雅，品味高尚，渾身散發著魅力的現代主義的泰斗——貝聿銘身上時，可否有人思考過直線與曲線的不同？

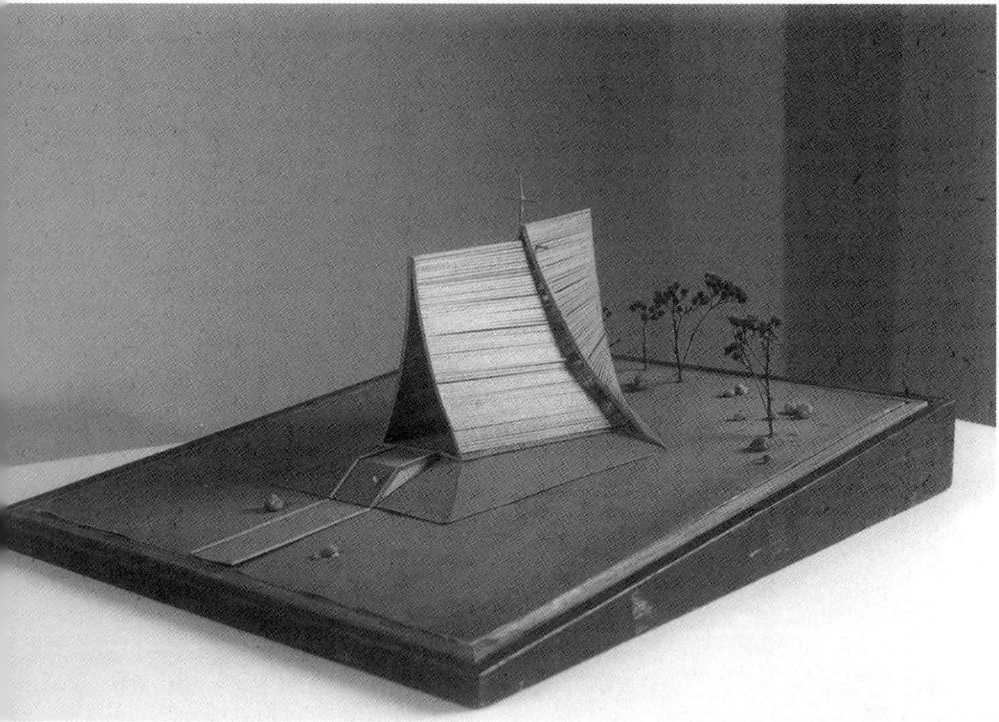

最後定案模型，有個弧度優美的「堪腦依」雙曲線。

發現「堪腦依」

爲了這根曲線，陳其寬不知消磨了多少時光。先前當他興致勃勃地提著集結許多建築師意見，不知修正了多少回的六角形教堂木製模型，給紐約基督教聯合董事會的福開森女士看時，她憑著女性的直覺，無意中所說的那句話：「你這個邊是條直線，看起來硬幫幫的，你們中國屋頂都是彎曲的啊！」這席話不啻是一記當頭棒喝。

陳其寬與貝聿銘及他事務所的那群建築師，都是受過現代主義建築風格的洗禮，深深沉浸在葛羅培斯、密斯（Ludwig Mies van der Rohe）與柯比意（Le Corbusier）三位現代主義建築大師的風格裡。

這種由包浩斯學校的創辦人葛羅培斯所帶動的「國際樣式」是一種背離地域性、歷史性的建築樣式，只是它的實用性、經濟性、簡潔性，「型隨機能」的特性很能符合戰後美國都市更新計畫的需求，它沒有舊有的法國藝術學院（Ecole des Beaux Arts）的古典建築那種繁瑣與裝飾性，完全是一種嶄新的，運用鋼筋混凝土、玻璃等新媒材及新技術的幾何型體建築。

福開森的話，讓陳其寬發現「堪腦依」（Conoid）雙曲面，那是比直線還複雜的雙曲線，即由一邊彎線、一邊直線所構成的曲面就叫「堪腦依雙曲面」。當陳其寬在波士頓麻省理工學院圖書館找著這個結構原理時，他再次將直線的三角型模型，改爲用細木做成兩邊直線、兩邊曲線的拋物雙曲面，一共四片，再依自己的審美直覺決定教堂的長、寬、高。

「這個『堪腦依』雙曲面，弧度優美，若能以薄殼建築來做，就不必用樑柱，教堂一定會變得更加輕盈、飛揚。」陳其寬每天挖空心思，想以最新的建築技術，表現最優雅、簡潔的教堂結構，就像他平日的藝術創作一般，他總愛嘗試最新的材質與技巧，不斷研發新的可能性。在葛羅培斯這位建築教育家的觀念裡，「藝術的作品永遠是一個技術上的成功」。這也是葛羅培斯哈佛大學研究所的得意學生貝聿銘與葛羅培斯聯合建築師事務所的陳其寬，兩人所極力追求的境界。

教堂設計圖發表

於是陳其寬又迫不及待地去北卡羅萊那州，拜訪來自南美的兩位薄殼建築專家，他發現用鋼筋水泥可以解決教堂的薄殼建築，這是技術上的一大突破。當他廢寢忘食地做完最後的模型時，已是一九五七年三月。而教堂設計圖包括平面圖、模型圖、內部透視圖及水墨畫的彩色圖，也先後發表於《建築論壇》、《建築紀錄》（*Architectural Record*）三月號及八月號。

只是這項輝煌的設計成果，發表時貝聿銘成爲教堂設計的總統籌，而陳其寬與張肇康成爲他手下的建築師，與當初貝聿銘說服陳其寬離開葛羅培斯聯合建築師事務所時的承諾不一樣。

慧眼識英雄的貝聿銘，找到陳其寬這位既有建築專業又有繪畫涵養又深富中國哲思的奇才，設計路思義教堂，是他一生最睿智的抉擇，更因而開啓了他邁向世界重要建築師的行列，締造自己的建築王國。

那是一九五六年八月的某一天，陳其寬、張肇康受邀到貝聿銘紐約家中舉行了一次很有羅曼蒂克氣氛的會議，燈光昏暗，酒香洋溢，音樂繚繞，三個人左思右想，東走西繞，壁爐的火，徐徐燃燒，就是燒不出他們的靈感火花。有一天，貝聿銘用手一比，對陳其寬說：「我想作一種哥德式的拱，用磚砌的！」他就只丟下這句話，陳其寬便開始忙碌起來，他雖然不十分贊同貝聿銘用磚砌，他仍用木條做出一個簡單的模型，因爲他在葛羅培斯的聯合建築師事務所做過許多六角形的學校禮堂，所以他也把模型做成六角形，乍看很像一條木船。這時張肇康已被調到東海大學監造第二期工程，貝聿銘的辦公室已由紐約公園大道遷至麥迪遜大道，只剩他一個人仍留在舊辦公

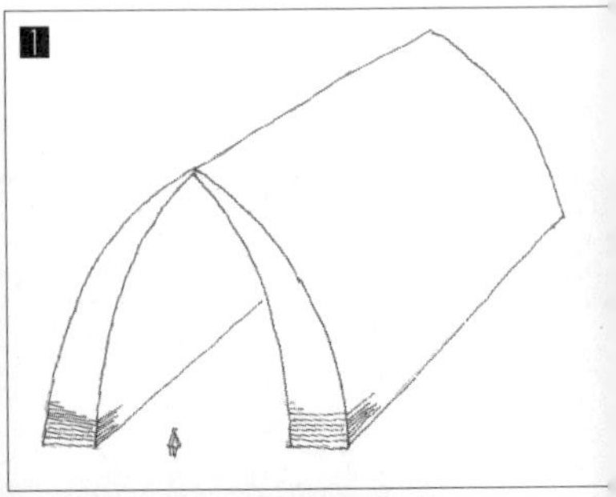

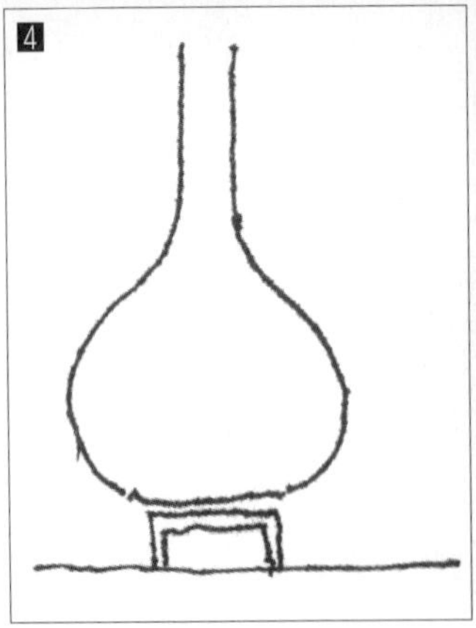

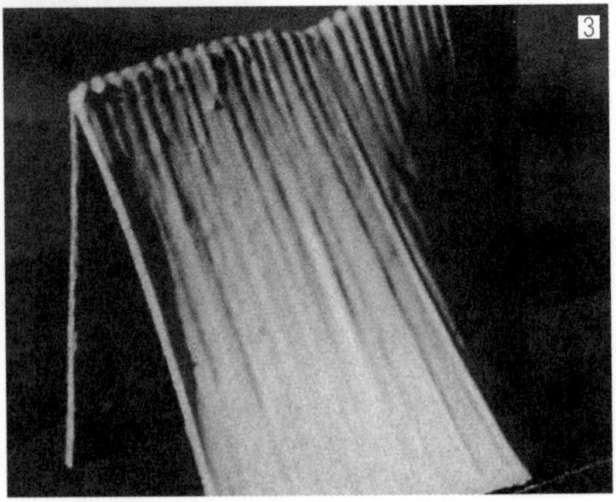

路思義教堂設計構思（1956-1957）

1 貝聿銘對路思義教堂最初的構想是一座磚造，如哥德式的拱行建築。（繪圖／陳其寬）

2 陳其寬依據貝聿銘的想法，以木條製作的模型似船底，平面則成六角形。貝聿銘請在台灣監造東海大學第二期工程的張肇康調查木船的作法。

3 一九五六年貝聿銘再度來台，赴成大演講，同學提及東海第一期工程沒有新意。貝聿銘回紐約後對陳其寬說：「我們要做點新的東西。」陳其寬便以當時最新又最具挑戰性的雙曲面薄殼的結構形式構思教堂，做成四片雙曲薄殼建築。

4 陳其寬從花瓶切面的開口，看出了一線天。（繪圖／陳其寬）

5之後，加入天窗。

6陳其寬再把後兩片屋頂加高，以凸顯教堂內部的神壇空間。

7陳其寬所製作的路思義教堂模型，由左至右為最早如木船的六角形模型，演變為屋脊開出一道天窗，再變為側面增開兩道窗，最後變為後面兩片牆面，比前面兩片高的教堂模型。

8最後依基督教高等教育董事會福開森女士的建議，取法中國建築的屋頂曲線，形成邊線為曲線的雙曲面，名為「堪腦依」（Conoid），為拋物曲面的一種。

室獨自摸索，然而貝聿銘事務所的同仁卻十分關心這項工程。因爲貝聿銘所服務的地產商公司，多年來各種計畫都是紙上談兵不能實現，而教堂計畫是貝聿銘自己的計畫案，是一定會實現的夢想，所以大家都興致勃勃，常來提供意見。而貝聿銘也請在台灣的張肇康調查木船的作法。

有一天貝聿銘的同事卡波（Cobb），突發奇想畫了一個花瓶切面給他，他百思不解，但是忽然從花瓶的上面開口聯想到中國建築的一線天，他便在模型上開出一條天窗。不久華裔紐約建築師程觀堯建議在側面開窗，他又朝著側面切開兩道窗。他每天對著模型，左看右看，切東切西，翻上覆下，一個接一個地做，別人一看又說：「這明明是四片東西，何不把四片分開。」虛懷若谷的陳其寬，又採納眾議，試著把它分成四片，爲凸顯前後關係，再把後面兩片提高。又有人建議在每片屋面下加一排窗，他便沒有採納，因爲在結構上有困難。於是陳其寬「去蕪存菁」，整合出最後的造形。

要redesign就resign

約在一九五六年七月，貝聿銘第二次來台（第一次是在一九五四年二月他來東海大學大度山勘察基地），東海大學校舍已逐步在興建中。這次來台，貝聿銘提了美麗的路思義教堂模型，向基金會報告，基金會非但沒有通過他的設計，還堅持要他重新設計。貝聿銘向他的同學王大閎說：「我向基金會表示，如果他們一定要我redesign（重新設計）這個禮拜堂，我要求立刻resign（辭職）。」㉘

原來貝聿銘是完完全全本著基督教犧牲奉獻的精神規畫東海大學，只因東海大學是基督教學校，與他在上海所讀的青年會中學是同一個教會體系，所以當這個集結眾人心血結晶，由陳其寬所設計的模型，一旦受到抨擊，他完全無法接受，他理直氣壯地要辭職。因爲教堂被批評爲「很怪」，像個火柴盒。

基金會的人不知道，教堂的設計者是一九五六年獲得美國《建築論壇》雜誌主辦「青年中心建築」競圖，在五百多位競爭者中奪得第一獎的設計高手陳其寬。這位高手不是泛泛之輩，是既懂建築又會畫畫的奇才。自從一九五七年九月他首次返台後，五八、五九年他年年歸國，規畫東海大學校園，雖然忙於建築事務，陳其寬並沒有忘記他的最愛——繪畫，他仍然在美國個展、聯展不斷，深獲好評，英國藝術史學者蘇立文甚至將他與趙無極、曾幼荷，並列爲海外最重要的中國畫家。他也不斷到歐洲、東南亞、北非各國及日本旅行，除了欣賞當地的建築外，也看畫展或博覽會，了解各地的文化、藝術。他溫文儒雅的文人書生氣質與負責的行事風格，得到東海大學校長及董事長的青睞，因而邀他出任建築系主任。也許是一種無法解釋的神祕召引，那座教堂一直在陳其寬的想像裡漫遊，儘管尚未呱呱落地。他像是一位懷胎的母親，一直小心翼翼地呵護著胎兒。

教堂起死回生

幾乎胎死腹中的教堂，終於在一九六〇年代有了一線生機。一九六〇年五月二十二日捐款贊助東海大學建校的路思義先生，也是美國《時代雜誌》、《生活雜誌》創辦人，從美國風塵僕僕來到東海大學參觀，當他走遍全校卻發現教堂尚未興建，回國後便請貝聿銘再重新報價。當陳其寬正準備離開紐約回東海大學創辦建築系的前兩個星期，貝聿銘忽然告訴他教堂可能要做了，請他去台灣全權負責。

回國後第一件事便是找之前合作過的結構工程師鳳後三（他們合蓋東海建築系館），把教堂的結構仔細精算，兩人漏夜畫結構圖、施工圖，火速寄給在紐約的貝聿銘，貝聿銘便把這份工程圖交給紐約的一家結構工程顧問公司去研究分析。

由於教堂的興建無著落，曾經陪同路思義先生在東海大學參觀的蔡一諤董事長，一九六一年四月二十五日寫了一封長信給路思義先生，信中他強力推薦教堂由陳其寬設計、鳳後三負責結構計算、光源營造廠承建，並請他放心，這組團隊可以完成他心中完美的路思義教堂，並預估費用十五萬美元。後來路思義先生完全同意，而事實上建築的費用只用了十萬美元。這是一封關鍵性的信函，蔡董事長同時把副本給陳其寬，但並沒給貝聿銘。㉙

一向注重結構，講求技術完美無瑕疵的貝聿銘，當他獲知陳其寬與鳳後三他們在台灣所畫的結構圖，經由紐約的結構工程顧問公司評估後，被全盤否定，為了安全起見只得把他們兩位請去紐約面對面溝通。他們與工程顧問公司，經過兩星期的討論，那位年輕的德國籍結構工程師突然辭職離去，由於顧問公司的負責人堅信鳳後三的結構計算精確可行，貝聿銘才被說服，經過幾番折騰，路思義教堂終於在一九六二年十一月一日開工，距離一九五四年陳其寬初步規畫校園畫出「東海大學遠景圖」已經過了八年。

做事仔細、認眞的陳其寬，心中一直篤定地認爲教堂一定得採用鋼筋混凝土才能完成，因爲鋼筋混凝土是可塑體，可以將結構一體成形，才能發揮整體力量，即使貝聿銘當初決定用磚造，後來又堅持木造。然而台灣多地震磚造不適合，木造又不耐久，而且要做成薄殼建築，困難重重，幾經商量，終於敲定以鋼筋混凝土爲建材。心思細膩的陳其寬，爲了讓光源營造廠，先掌握薄殼建築的技術與特性，在他一九六〇年擔任建築系主任時，早就要他們先試蓋建築系館，並由鳳後三先生擔任結構計算，

Mr. Chen
Confidential

April 25, 1961

4/25, 1961

Mr. Henry R. Luce
Time & Life Building
Rockefeller Center
New York 20, N. Y.

Dear Henry:

It has been eight months since I wrote you last August regarding the Luce Memorial Chapel at Tunghai. In that letter, I said I would write again as soon as we had definite recommendations to make. I am glad to report now that definite plans have finally been developed by Mr. C. K. Chen in collaboration with Mr. H. S. Fong, structural engineer.

The present design calls for a type of construction which is quite different from the original design of steel and wood. As I referred to in my last letter, Mr. Chen suggested to Mr. Pei the possibility of a reinforced concrete thin shell structure. Since his return last September, Chen has worked out with Fong the first stage structural computations and architectural drawings on this new approach. The findings of these preliminary studies were sent to New York last December. I understand Robert & Schafer, New York, were favorably impressed by the Chen-Fong presentation and agreed to go ahead with the final computations. When Dr. Fenn was here in February, we went over the cost estimate based on the new design. Barring any unfavorable developments beyond our control, we are confident that the Chapel can be built on the new design comfortably within US$150,000 including a basement with a chaplain's office and other Sunday school facilities and furniture but not organ.

This estimate is a good deal higher than the original six years ago. All costs have gone up. The new plan provides more space and will meet the needs more adequately. It may also be pointed out that the reinforced concrete construction has many advantages over the wooden shell. The former is a permanent structure which is termite and fire proof and has practically no maintenance cost.

We have great confidence in both Chen as architect and Fong as engineer. As you know Chen has associated with I.M. Pei for some years and is now the Chairman of Department of Architecture at Tunghai. He has worked on the Chapel design from the beginning six years ago. He is thoroughly familar with both the architectural concept of the Chapel and the problems connected with construction matters here in Taiwan, available equipment, labor, etc. During the past four years he has supervised the construction of other Tunghai buildings. I have come to know him intimately and have the highest respect for his professional competence and personal integrity.

Mr. Fong is a graduate of the Civil Engineering Department at Aurora University, Shanghai. He is a member of the American Concrete Institute and also a member of the Prestressed Concrete Institute, U.S.A. He specialized in structural engineering and took a special training course in prestressed concrete in France in 1956. In 1957, he gained further experience in working with Preload Company, New York. He is no question Taiwan's the foremost authority on the special technique of "shotcrete" which is to be used in our construction.

In addition to the good fortune of having a competent architect and experienced engineer, we have a reliable contractor in Kwan Yuan. Kwan Yuan was one of the many contractors we engaged at Tunghai during the first stage of construction. As a result of natural selection, Kwan Yuan has remained with us. I have in mind of recommending him to build the Chapel. With Mr. Chen as architect, Fong as engineer and Kwan Yuan as general contractor, I can see no reason why we cannot have the Luce Chapel ready for the 1962 baccalaureate if you would approve our recommendation and give us the green light to proceed.

The Chapel has had much publicity not only in Taiwan but also the world over. Everybody has been expectant for five years. We sincerely hope that Tunghai and her well wishers will soon be rewarded with the realization of a beautiful dream.

Looking forward to hearing from you and with kindest personal greetings.

Sincerely yours,

Stephen Tsai

ST/ll
cc: Dr. Fenn
Dr. Wu
C. K. Chen
H. S. Fong

COPY

東海大學蔡一諤董事長一九六一年四月二十五日寫給路思義先生的信。
信中他強力推薦教堂由陳其寬設計，鳳後三負責結構工程，光源營造廠承建。（提供／陳其寬）

這是台灣最早使用薄殼營造技術的建築，之後又讓他們建藝術中心。他可眞是用心良苦，事實證明他的未雨綢繆，完全正確，教堂之所以能順利在整整一年內準時完工，而且無人受傷，眞是奇蹟。光源營造廠負責人吳艮宗所率領的團隊的敬業精神與熟練的技術，功不可沒。最有趣的是，當初吳艮宗對教堂的設計很好奇，便問陳其寬：「教堂爲什麼會設計成這樣？」陳其寬回答：「基督教的教堂是上帝所住的地方，上帝很窮，有錢的話，都是拿去救濟別人，而自己只住一間破草寮，好像以前種西瓜的西瓜寮一樣，將稻草紮好做成四片。」㉚把教堂比喻成破草寮，眞是幽默至極。

建築史上的傳奇

一個擁有靈巧思維的藝術家，配上一個精於結構計算的工程師，再加上一組踏實、用心的營造團隊，打造世界級的路思義教堂，就靠他們撐起建築史上的一片天。一九六三年十一月二日教堂完工時，貝聿銘特地由美國趕來參加教堂落成奉獻典禮。從開工的第一天就開始擔心教堂蓋不成的他，簡直無法置信，眼前的教堂建得這麼完美，簡潔又風情萬種，好像直接從大地長出來，眞是太令他興奮了，從此路思義教堂列入貝聿銘一生作品的代表作之一。

然而教堂由孕育到誕生，其中的辛苦，眞是心事無人知。幕後眞正的推手陳其寬，是一位寬厚的文人建築師，又是在國外享有盛名的藝術家，他不是只在紙上做個養尊處優的紳士設計師，他是躬親實踐，由設計到施工、督工，全程參與，他是個追求極致，只問耕耘，不問收穫的人。

在他與吳艮宗嚴謹的管控，監造過程中，他們雖然曾經遭遇葛樂禮颱風的侵襲，教堂仍安然無恙。從曲面的複雜撐材，以至混凝土的精確調配、搗灌、模板的拆除、面磚的黏貼，處處表現得可圈可點。而吳艮宗也時時勉勵自己：「施工重道德，不偷工減料，我們有機會做這項工作，一定要完成。」每當他看到工人洗石、洗砂有點隨便時，吳負責人便鼓勵他們：「拜託一下，我們台灣人說天公廟，美國人叫做教堂，這間蓋好是要給神住的，我們將石子、沙子洗乾淨，將這座教堂蓋得眞讚，不是很好嗎？」[31]因而有著初生之犢銳勁的光源營造廠的工作夥伴，人人戒愼恐懼，像蓋天公廟一樣，對於神所居住的房子，一點也不敢掉以輕心。或許他們的至誠，感動了天地，連漏放了維繫裡外鋼筋的「繫筋」，也神奇地獲得了神明的指示，及時補救，免除了一場教堂崩塌的危機。[32]

一九六三年九月四日，陳其寬寫了一封信致聯合董事會芳衛廉博士，告訴他這一天結構工程師鳳後三、營造廠負責人吳艮宗及陳其寬，三個人在蚊陣中，佇立在教堂內部模板架構下，監督工人撤除支柱下部鍥形撐木。拆除完畢後，他們三人攀登到教堂各重要部位檢查，一切順利，眞是託天之福。但這封信僅是寥寥數語，無法道盡教堂由開工打基礎、作模板架構、釘菱形木匣、紮鋼筋、搭鷹架、灌曲面水泥、撤除架構、鋪面磚等施工中的點點滴滴。尤其九月一日拆除模板時，大家都十分擔心萬一出力不平均，曲面馬上會裂開。幸好，那天一位工人負責兩塊楔形撐木，鳳先生哨子一吹，所有工人一起拿掉楔形撐木的四枝三角插梢，短短幾秒鐘，模板架構就與混凝土脫離關係了。㉝教堂的聖潔、完美，一切辛苦，都已在不言中。他們這組工作團隊，奇蹟似地把生命中的不可能變成可能。

這座極爲婉約動人的大弧度教堂，由四片分離，亦是屋頂亦是牆的薄膜雙曲面構成。室內由無數交叉格子的肋樑交織而成，穩定了薄殼建築的底部。四片曲面在頂部交會，形成一條狹長的「一線天」，天光洩下，與前後兩側曲面狹長邊窗的光線，互爲交映，營造出神祕、莊嚴的氛圍。前後門的茶色大片吸熱平板玻璃，使大跨距的結構體，光潔清澈。

教堂外牆一片片赭黃色的菱形面磚，與內部一格格的交叉格子樑，映照呼應。那琉璃瓦在苗栗竹南一帶燒製，不料發生「窯變」，燒好的硫璃瓦黃中帶咖啡、青綠，每塊顏色都不一樣。吳艮宗急忙向陳其寬報告，沒想到陳其寬卻高興地說：「我就是希望這種效果，只是在設計圖上沒有明確表示而已！上帝住這間破草寮風吹雨打，如果我們修建得整整齊齊，反而不好，不同顏色的琉璃瓦，看起來像海浪一樣。而且，這樣的效果，琉璃瓦好像離開混凝土，若從外面看，教堂凸牆面凸出來、凹下去，就是模仿上帝住在破草寮的意思一樣。」㉞陳其寬以藝術家的眼光，直覺地認爲窯變後深淺不一的琉璃瓦，反而更具原創性，更適合破草寮的風格。

路思義教堂，是陳其寬把中國繪畫的詩情畫意與陰陽虛實的哲理，融入包浩斯的精神，使它在結構上、空間上與優美的造形融合無間。這座東海早期建築中唯一的曲線路思義教堂，造形上非常簡潔，色彩上非常正典，結構上非常精確，氣勢上非常雍容，感覺上非常靈巧，是理性與感性的交糅，東方與西方的遇合，人與神的冥和。

這座跨度一百英尺高六十五英尺（三十．四八公尺乘十九．八公尺），細緻優雅的「堪腦依」雙曲線薄殼神殿，無樑無柱，在多地震的台灣，已屹立不移四十年，它締造了不僅是台灣建築史，也是世界建築史上一頁不滅的傳奇。

一個發明

這件作品的誕生，正好適時成爲翌年甘迺迪總統遇刺時，賈桂琳挑選興建甘迺迪

1

3

2

4

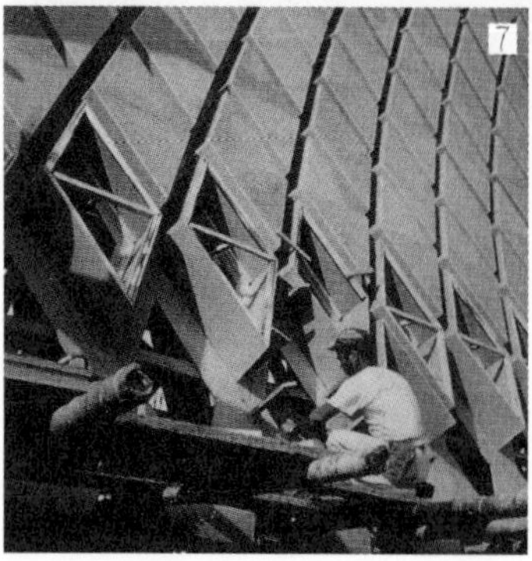
7

6

5

9

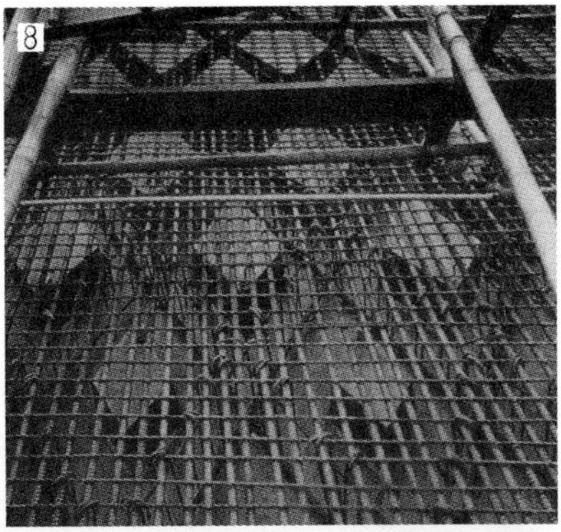

8

12

11

10

14

13

路思義教堂興建史（攝影／陳其寬）

1教堂初步挖出六角基地。（1962.11～1963.1.30）2在教堂基地上鋪鋼筋。（1962.12.20）3做好雙面模板，排好鋼筋灌水泥。（1963.3.5）4開始做內部支撐。（1963.3.25）5外部模板支撐已做到頂端。（1963.4.10）6在橫樑上鋪內模板。（1963.4.15）7做菱形木盒子。（1963.4.30）8盒子與盒子間的縱橫鋼筋。在盒子上角鋪屋面鋼筋。（1963.5.10）9外部懸空鷹架。（1963.5.30）10在牆的基礎上做斜的模板支柱，角度逐片扭轉。陳其寬與施工中的教堂。（1963.6.10）11教堂的頂端，兩面牆之間的一線天用絞鍊連接。（1963.9.8）12鋪黃色面磚。13教堂內部格子樑。14教堂的嶄新英姿。（1963.11.2）

紀念圖書館的最重要作品，因爲當時甘迺迪夫人非常欣賞貝聿銘所呈現的三個建築圖與相片，一個是當時正在建築中的伊弗森美術館，一個是仍在設計中的科羅拉多山中的全國大氣研究中心，而另一個則是已建成的台中東海大學路思義禮拜堂。[35]以唯一一座建好的路思義教堂，貝聿銘便擊敗當時的現代主義建築大師密斯及有名的路易斯·康，贏得入選，賈桂琳甚至在記者會上發表：「我們覺得貝氏的最佳作品才正要來臨，一如一九六〇年時的甘迺迪。」[36]

從此貝聿銘躋身名流，成爲國際間爭取重大建築不可或缺的要角。二〇〇三年十月當貝聿銘獲得白宮終身成就獎時，貝聿銘告訴《華盛頓郵報》：「我事業上遇到的第一個貴人是賈桂琳·甘迺迪。」[37]那麼陳其寬就是他建築設計上的第一位貴人了，路思義教堂由草圖到設計到模型，由施工到監工，都是陳其寬嚴謹的設計管控監造，才得以成形。

陳其寬助貝聿銘登上國際舞台，大放異彩，而他仍繼續留在大度山上默默地貢獻，與莘莘學子傳承現代建築的薪火。陳其寬把由繪畫上的詩情畫意與陰陽虛實的哲理，結合包浩斯的精神，使建築在結構、空間與優美的造形上融合無間，形成既靈巧又詩意的教堂。

貝聿銘這位王大閎眼中「爲了理想而不擇手段的同學」，他的口若懸河，外向主動，與陳其寬的木訥內斂，正好合成陰陽兩極，形成一個完整的圓。這兩位當年葛羅培斯所栽培的青年建築師，聯手在台灣共同打造出東海大學及不朽的路思義教堂，把葛羅培斯在中國華東大學無法實現的理想，在台灣實現，他們把葛羅培斯力倡的國際建築觀點再加以修正，融入地域性的歷史、文化，使得東海大學成爲灰瓦、紅磚、斜屋頂，簡潔、統一、素雅的一連串院落組群。而路思義教堂的新技術、新材質，在結構上、空間上與造形上的完美，既國際又有本土色彩。

漢寶德在一篇〈情境的建築〉中談到：「在貝先生的其他作品中只看到對幾何型的愛好，看到一種敦厚的典雅，從沒有出現巧思。……貝先生不喜歡巧思，他沒有發明建築的語彙，只是善用已經流行的語彙。路思義教堂是一個發明。」[38]能設計出如此含藏曲線韻致柔性美感的路思義教堂唯有畫家建築師陳其寬，是他的繪畫素養、文化涵養融鑄於建築專業的結晶。

漢寶德提出：「東海教堂如何成功？曲線生動而已！這一點出乎貝先生一生的語彙之外，他在建築上多所貢獻，但幾乎可以斷定路思義教堂非出自他的構思。」又說：「路思義教堂是陳先生一生最重要的作品，是他一生的驕傲，也是一生的遺憾，因爲他最不能接受貝聿銘先生設計路思義教堂之說。」[39]

雖然教堂屹立於大地已經快五十年了，只在剛完工時來台參與落成奉獻典禮的貝聿銘，現在仍很喜歡這座建築；雖然他只稱讚教堂的結構工程師鳳後三結構設計得非常完美，非常成功㊵，而隻字不提陳其寬。然而就如漢寶德所說的路思義教堂是「一個發明」，作品會說話，這個發明正是一位藝術家從靈魂深處向世人發出的殷切呼喚！

註釋：

①見《民生報》一九九〇年八月二十八日第十四版報導。另，當時筆者任職台北市立美術館，也在現場聽聞許多畫家的反對意見。

②見《中國．現代．美術》國際學術研討會論文集，李鑄晉講評，台北市立美術館，一九九一年一月。

③見《聯合報》二〇〇三年十一月二十七日B6文化版。

④見《中國時報》二〇〇三年十月十日A10版。

⑤見《東海大學校史》，頁四五，東海大學，一九八一年十月。

⑥麥可．坎奈爾著，蕭美惠譯《貝聿銘——現代主義的泰斗》，頁二。智庫，二〇〇三。

⑦吳光庭〈現代與傳統的融合——論六〇年代的台灣現代建築〉，《建築之心——陳其寬與東海建築》，頁一三二，田園城市，二〇〇三年十一月。

⑧王立甫等〈訪吳明修〉，《建築師》一九七九年一／二月號，頁九七。
⑨同註⑦。
⑩陳其寬口述，黃文興、林載爵整理〈我的東海因緣〉，《東海四十周年專刊》，頁一七八。
⑪同註⑩，頁一八〇。
⑫蓋羅·馮·波姆（Gero von Boehem）著，林兵譯《與貝聿銘對話》，頁一九四，聯經，二〇〇三年十一月。
⑬同註⑥，頁一五〇。
⑭游明國〈建築、空間、樹——談陳其寬東海校園的景觀理念〉，《建築之心——陳其寬與東海建築》，頁一一〇，田園城市，二〇〇三年十一月。
⑮羅時瑋主持，陳永齡、詹耀文主講〈我們的師長——陳其寬先生〉，見《東海建築人物思潮與作品（一）》，頁一九。
⑯鄭朝陽〈陳其寬師承傳統的創新者〉，《民生報》，一九九七年十一月二十三日，三十六版。
⑰陳其寬〈非不能也，是不為也！〉，《建築雙月刊》第一期，一九六二年四月。
⑱漢寶德〈情境的建築〉，《建築之心——陳其寬與東海建築》，頁一三。
⑲同註⑮，頁一九。

⑳同註⑧，頁九六。

㉑同註⑱，頁一七。

㉒吳煥加《二十世紀西方建築史》，頁一〇一，河南科學技術出版社，一九九八年十二月。

㉓同註㉑，頁一九。

㉔同註㉓。

㉕訪談陳其寬於其台北家中，二〇〇三年九月三十日。

㉖同註⑰，頁九。

㉗陳其寬〈參與東海生命的醞釀，規畫東海景觀的成長〉，《東海三十周年》，頁二五，一九八五年十一月。

㉘王大閎〈一位最傑出的同學——貝聿銘〉，《貝聿銘——現代主義泰斗》，頁五，智庫，二〇〇三年四月。

㉙陳其寬仍收藏信函影印本。

㉚林載爵、張志遠、黃文興訪問，張志遠整理〈爲上帝造房子的人——專訪吳艮宗先生〉，見《東海風——東海大學創校四十周年特刊》，頁一九〇。

㉛同上註，頁一九一。

㉜羅時瑋〈東海心：大度情〉，《文訊雜誌》，頁三七，二〇〇三年五月。

㉝同註㉚，頁一九三。
㉞同註㉚，頁一九四。
㉟殷允芃〈享譽國際的建築師貝聿銘〉，《閱讀貝聿銘》，頁一八。
㊱同註⑥，頁一九〇。
㊲〈貝聿銘特獲白宮頒終身成就獎〉，《中國時報》，二〇〇三年十月六日。
㊳同註㉑，頁二三。
㊴漢寶德〈空靈的美感，陳其寬的建築與繪畫〉，《聯合報》二〇〇三年十一月十三日，E7版。
㊵同註⑫，頁一九五。

第二章　渾沌少年，流離歲月

二〇〇〇年九月十九日，八十歲的陳其寬在北京主持中國美術館爲他舉辦的八十回顧展揭幕式，睽違六十七載後，再返回北京的陳其寬略顯激動，這回畫展既是兩岸交流，也是懷鄉尋根。

在風風光光、人氣鼎盛的畫展開幕後，重遊舊日「王大人胡同」的神祕召引，讓陳其寬的思緒慢慢返回少年、童年，跌入所依屬的根源世界。陳其寬在台灣代表團一行人的陪同下，尋尋覓覓，只見那棵老槐樹依舊在，那幢五進院落的大宅門卻早已不知去向。六十七年了，少小離家老大回，鄉音無改鬢毛衰，父母早已不在，姊妹也不在，只剩一位弟弟在南京。親人相繼凋零，故居不堪回首，「回家了！」卻找不到家，讓一個遊子多神傷。一個舊時代消失了，一群舊家族崩落了！

天子腳下北京人

北京，人文薈萃的北京，是遼、金、元、明、清及民國的古都，建城三千年，高聳的天安門、壯偉的紫禁城、如蒼穹的天壇、橫亙的長城，在在都是令人發思古幽情的歷史遺跡。尤其明、清兩代以紫禁城爲政權核心，號令天下，形成政治、文化中心，儼然是世界最大的皇城帝國。然而義和團事件，招致八國聯軍的蹂躪，北京的命運，中國人的存亡絕續在旦夕之間。

及至辛亥革命成功，中華民國在南京成立，北京的帝都光環頓時消逝。再至一九四九年國共內戰結束，共產黨在北京建立中華人民共和國，以北京爲首都，北京的帝都貴氣，再次顯露在每一位生活在京畿之地「天子腳下」的北京人身上。

陳其寬一九二一年出生於北平，正是民國成立後十年，是孫中山先生就任非常大總統，同時中國共產黨宣布成立的時刻。

二〇年代的中國，直系、奉系、皖系各派系軍閥爭權奪利，交相混戰，一九二六年國民政府任命蔣中正爲革命軍總司令，誓師北伐，旋即又因裁軍引發中原大戰，耗損國家資源。陳其寬就是在政治軍事局勢緊張，動盪不安的局勢下成長。

陳其寬兩歲時，江西省省長很欣賞他父親的工作表現，便請他統管江西省財務，於是舉家遷往江西南昌。由於當地天氣酷熱，他染上癩痢頭，頭髮剃得精光，被呼為「禿小兒」，又因他的模樣又傻又呆，父親直呼他為「傻子」。這個傻子雖然傻乎乎，對美的事物可是一點也不傻。

「我在江西的家，有三個丫鬟，我就一定要找最漂亮的那個專門抱我。」八十三歲的陳其寬回憶往事，心中仍得意洋洋。原來美的事物或美的人兒，總讓他不必思量，便直覺喜歡。

四歲時，不知為何忽然有一天他們全家又漏夜火速遷回北平，大人的世界起起落落，「傻子」的心靈已開始有些敏銳的感受，只是那一代的中國人都不知日後將飽嘗更多的戰亂流離之苦。

搬回北平後，他們住進東城雍和宮南近北新橋王大人胡同裡。陳家的大宅院是清朝王府改建而成的五進院落。這是一座占地不小的大宅院，進門後有個小院子，穿過月門就是垂花門，門前兩旁種著柳樹、槐樹，第三進的庭院特別寬敞，擺放著魚缸與石榴盆栽。正廳與左右廂房之間還有一道磚砌的洞門，門上的磚牆雕花十分精美。夏天他們常在宅院搭起天棚，納涼聊天。

第四進是住家，母親在庭院裡種了許多農作物如絲瓜、玉蜀黍、黃瓜、葡萄。陳

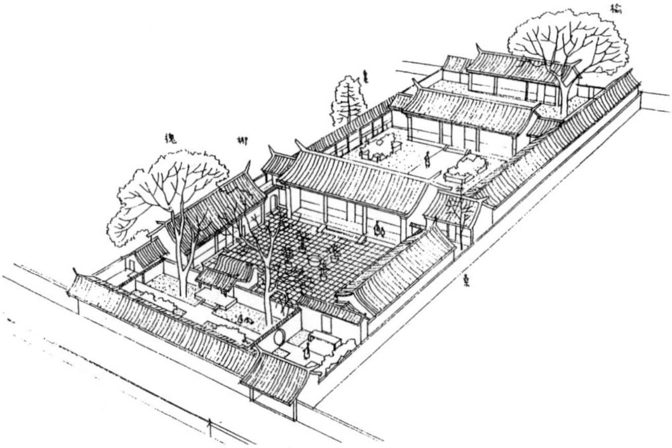

其寬與他的姊姊、妹妹們整天忙著養蠶，適巧家中有一棵桑樹，他們採摘桑葉餵蠶，看著蠶兒吐絲、結繭、成蛹又變蛾，忙得不亦樂乎。由於母親是北方河北省大地主的女兒，家有田地上千畝，她很擅於農事，所以他們雖住在北京城卻彷彿過著鄉居生活，有時他們也吃北方人把玉蜀黍磨成粉，做成類似饅頭的「窩窩頭」。每到春天家中的香椿樹、柳樹抽著嫩綠的新芽，他們家常常煮的一道佳餚便是「香椿豆腐」，特殊的香味令陳其寬至今仍覺口齒留香。五進是倉庫，整個大宅院四周又築出一道院牆，與外界隔絕，自成一個寧靜的天地。

陳家占地雖大，卻不像其他四合院，人口複雜，一個偌大的大宅院也才住著祖孫三代八人，人口十分簡單。陳其寬在家排行老

陳其寬手繪陳家位於北平的五進大宅院。

二，上有姊姊，下有弟妹，手足共四人，大祖母與二叔祖又與他們同住。比起其他胡同裡，密集的四合院櫛比鱗次，戶戶相連，人滿爲患，陳家算是富裕而單純。

私塾教育啓蒙

四歲的陳其寬開始接受私塾教育，父親延聘老師在家教他四書五經，又學習眞草隸篆，背書、練字成爲他的日課。幼小的陳其寬並不是十分喜歡書法，只是舊式的教育，必須天天練字，他就看著字帖，依樣畫葫蘆，沒想到日後他最擅長的招牌畫猴子，簡潔的幾筆線條，就畫出神靈活現的猴子，既有造形又有神采，完全是來自兒時書法的功力。

陳其寬說：「我畫猴子就是寫書法，筆筆中鋒，猴子的四肢我用濕筆，身子用扁筆。」他覺得寫書法不只是練筆更是練眼力，更重要的是磨練一個人的人格，要守中道。他回憶著說：「從前蔣介石與蔣經國在四川成都時，共產黨快到了，蔣經國攙著父親說：『我們趕快從後門走。』蔣老卻說：『不，我一定要從中間正門出去。』在這麼緊張的情況下，他還要正正經經走正門，不走偏門，他寫的書法，就看出他的脾氣。」①

陳其寬猶記得五歲時他和家人去故宮博物院參觀，看到唐代懷素的草書大為震撼，它那變化萬端，不可捉摸的筆法，令他印象非常深刻。而剛入學不久，有一次他的書法被老師貼出去，標上第一名，還被請上台表演，他心驚膽跳，非常緊張，也很害羞，連忙把姊姊也拉上台一起作伴。當他提筆正準備寫時，才赫然發現早已有人事先在紙上用鉛筆把字描好，他只須照著描就可以，他總算成功地表演了一次即席揮毫。

陳其寬上午念古文，下午練書法，從五歲練到約十歲，從魏碑的張猛龍碑、張黑女碑，寫到篆書的石鼓文，也抄寫《金剛經》的小楷，在流離遷徙中仍背書、練書不輟，陳其寬小小心靈已種下中國傳統文化的深厚根基。

至於讀四書、五經對他日後人格的養成有什麼幫助嗎？「對我的幫助是我沒有宗教信仰，我遇到困難時，也沒走入不好的途徑，也沒騙過人，與儒家思想有關，儒家它不是宗教，但有許多規範，我是向自己的良知負責。走中道，就是中間路線，沒有極端。」②

自幼接受中國傳統私塾教育，陳其寬如今想來仍覺得受益良多，很早就在他的人生觀中涵養成他「忠於自己的良知」與「不偏不倚的中道精神」，讓他往後無論在專業工作上或做人處事上，總是進退之間有所依據。

第一張畫

有著古老風韻的北京城，聽戲、遛鳥、品茶、賞玩字畫、骨董風氣十分盛行。陳家也收藏了一些江西瓷器與字畫，包括章炳麟、何紹基等清代書法。陳其寬常常幫著父親更換字畫，一收一放之間，濡染了些許文人氣質。

每天上午家中一片琅琅的讀書聲，此起彼落。一天，五歲的「禿小兒」聽姊姊念《滕王閣序》中一句「落霞與孤鶩齊飛，秋水共長天一色」的優美詞句時，他的情感頓時澎湃起來，他想把那個美麗的意象畫下來，他作畫的欲望極爲強烈，可是家中又沒顏料，在父母親的心目中，他唯一要做的事是念書而已。

「父親只鼓勵我念書，沒鼓勵我畫畫。」禿小兒不得已只好私下央求二叔祖幫他買顏料。這位每到傍晚便擎著木棍巡夜，把地敲得滿天價響的二叔祖，居然替他帶回來一盒水彩和圖畫紙，以滿足他的塗鴉欲望。

整盒水彩顏色很多，可是他只選用了一色——「藍色」，因爲「秋水共長天一色」，禿小兒天眞地用藍色畫天，也用藍色畫水，水藍藍的整張畫，竟是他早發的浪漫情懷的投射。他生命中最早的一張畫，是因文學的觸發，點燃他心中的熱望。雖然這一線愛畫畫的希望，在嚴厲的父親不鼓勵下，幾度飄搖欲折，直到十五年後他考上中央大學建築系才得以再度接續。

大宅院翻修

六歲時陳家又舉家搬往南京，直到九歲才又遷回北京，這時他才正式脫離私塾教育進入離家不遠的方家胡同小學，插班念四年級，開始接受新式教育。由於新式教育與舊式教育迥然不同，陳其寬在小學時，只有圖畫與書法表現傑出，其他科目都不好，數學由於根基沒打好，更是一場糊塗，常常逃不過父親的一頓揍打，吃盡了苦頭。

從小流離遷徙的陳其寬，「家」對他而言，或許只是個「空間」的活動，然而北京大宅院的一次大翻修，卻讓他對中國四合院傳統建築嘖嘖稱奇。十一歲的陳其寬只見一位老師傅領著幾位工匠，把四合院的老瓦、老椽子、老樑、老柱，統統拆下來，一直拆到地基。總是在一旁盯著看的陳其寬十分好奇，心中早就打了好幾個問號：「爲什麼老師傅手上一張圖也沒有，都拆光了，他如何施工改建？」

殊不知他的好奇，成了他最早的建築啓蒙教育，原來所有的尺寸早就裝進老師傅的腦海裡，他只在地上畫個打黑線的圖，在地上放樣，再憑著那個放樣圖依序建造房上：十二歲的陳其寬與姊姊其恭、妹妹其信合影，當時家中正在大翻修。

下：兩歲時母親懷中的陳其寬。

子。神奇的老師傅既是工頭又是建築師，把他家的正廳、廂房大大地翻修一番，煥然一新。父親滿意至極，又換上了新字畫。

人生的際遇可遇不可求，好不容易大費周章翻修好的宅院，陳其寬僅留在那兒兩年，十三歲小學一畢業便離開北京到南京中學讀初中。這一去從此遠走天涯，故鄉漸行漸遠，然而他自幼穿梭在一進一進的院落之間，那轉折起伏，虛實變化無窮的宅院，卻與他牽牽繫繫，結下不解之緣。

由北京下南京

中國一直是日本覬覦的對象，早在一九三一年日本便在瀋陽發動「九一八事變」，占據東三省，一九三三年又由山海關進占灤東，進軍華北，直逼北平近郊。陳家眼看日軍節節逼進，又急速遷回南京。

南京、北京兩城，陳其寬尚是青澀年紀便常常獨自搭乘津浦鐵路南來北往，直到家遷到南京，他著實見識到不少外地風光。住南京時，他到過中山陵參觀，他唯一的記憶是「一片大坡斜下來，感覺它是歪的」。

在南京讀了兩年初中，學校由南京遷到江蘇鎮江，校園中有一座黃山，陳其寬時常爬上山頂遠眺長江，在夕陽輝映下，長江如白帶，波光閃閃。「黃山很美，整個學校常常籠罩在雲霧裡，像漫步在雲端。」陳其寬瞇著眼睛回憶，他感覺「整天彷彿生活在米芾山水裡，讓人想到米點皴的畫法」。初中他正式接觸西式美術教育，畫鉛筆畫，也畫些水彩，他的功課平平，唯有美術一枝獨秀。

南京、北京兩座歷史名城，都是陳其寬童年的家鄉，有道是「漢唐看西安，明清看北京，近代看南京」。陳其寬自幼習染古都文化，也濡染了一身的典雅氣質。

一九三七年陳其寬初中畢業，正值爆發「七七事變」，人心惶惶，他竟沒考上高中，父親只得託人說情，讓他進入安徽和縣的鍾南中學，好不容易有個學校可讀，才沒讀三個月，國軍兵敗如山倒，日軍揚言「三月亡華」。日本進攻上海之後，又直逼南京，南京危在旦夕，國府乃於十一月二十日遷都重慶，準備長期抗戰。

「不逃不行！」陳其寬的父親當機立斷，深夜奔到鍾南中學。「傻子，趕快起床，回家去，逃命要緊！」父親把正在睡夢中的陳其寬急速帶走。父子兩人連夜坐小船到蕪湖，又過江，搭火車回到南京全家會合，再奔赴浦口。

逃難很好玩

趕到浦口，只見一艘英國輪船停泊在江中，父親連忙買好船票，可是船始終不靠岸，他們又怕日機來襲，父親心急如焚，不得已顧了一艘小船從船尾把家人一一吊到船上，倉皇逃離南京。而父親並沒與他們同行，在揮別後他仍趕回教育部工作。

船一抵達漢口，他們隨即轉搭民生公司的汽輪逆江而上，行駛長江三峽，準備直航重慶後方。這艘船早就塞爆了，全家人沒位子，睡在甲板走廊上。一路上母親憂心忡忡，卻很鎮定，陳其寬倒是很興奮。「我並不覺得辛苦，我是小孩，只覺得逃難很好玩，我一路看風光。」不必讀那煩人的功課，陳其寬當然很高興，盡情地欣賞那重重高山、峭壁，尤其山中的棧道，細如流水，蜿蜒無盡，他更聽到樹叢中的猿猴，啼叫不已，頓時想起李白詩中「兩岸猿聲啼不住，輕舟已過萬重山」的意境。③

陳其寬倒仍有雅興欣賞山水，把逃難當成遊山玩水，那知國難當頭，他們逃出後一星期，十二月三日日軍攻下南京，在城內殺燒搶掠釀成慘絕人寰的「南京大屠殺」悲劇。陳家總算逃過一劫，何其幸運。

在後方重慶，政府為照顧大批各地的流亡學生，開辦了一所四川合川國立第二中學，老師都是來自有名的揚州中學。陳其寬眞是傻人有傻福，本來初中畢業後沒考上高中，央人託情才勉強進入鍾南中學，如今託戰爭的福，他得以進入國立高中，而且老師都是一時之選。在名師調教下，功課一向不好的陳其寬，竟然各科進步神速，尤其是他一向最煩惱的數學，在「揚中」數學大將汪桂榮老師指點下，簡直一日千里，化學也隨之好起來。戰爭令生民塗炭，而他卻彷彿脫胎換骨，開竅了。

戰爭仍持續開打，戰火從華北向華南不斷延燒，連重慶、成都、昆明等後方都市都一再遭到日本空軍「疲勞轟炸」，國軍正在苦撐戰局。陳其寬一九四〇年高中畢業後，在合川參加大專聯考，第二天上午一考完，下午整個城市便遭日本空軍突襲，投下大量炸彈，燃起熊熊大火。原來日本空軍誤把合川當重慶，盡其所能地轟炸，整座合川市一片火海，盡成焦土。合川中學位於合川城外蟠龍山上，陳其寬從山上望下去，那一幕大火延燒的慘劇，怵目驚心，令他終身難忘。

烽火中的中央大學

戰爭激勵人心，每一個有血氣的青年，莫不以報國為職志，國家正需要工程建設人員。陳其寬本想讀他感興趣的航空系，最後依姊姊的意見選擇建築系，他考上中央大學建築系，既符合他愛畫畫的興致，也可以工程科學報效國家，一舉兩得。這位從小就因功課不靈光，總是輸給姊姊，而被父親打得很慘的「傻子」，總算給父母親臉上沾了些許光彩。

史學家黎東方在《細說抗戰》書中形容對日抗戰「是一個重量級拳師與一個羽量級拳師的比賽，卻也是苦鬥到底的戰爭」。中國的兵力與軍備均無法與日本匹敵。但中國擁有廣大的國土可以迂迴，只要不與日本正面作戰，採取消耗戰與持久戰仍有獲勝的機會。國府遷移重慶，中央大學也由南京遷校到重慶的沙坪壩，日本的砲火轟不垮中國，教育大計仍在戰爭中繼續進行。弦歌不輟，這眞是中國教育史上一頁沉痛又輝煌的篇章。

建築系的教室就是一長條的大統間，用竹子編成，再粉泥巴，再上一層石灰，中間以竹子樑柱支撐，上蓋瓦片，沒有天花板。這間長方形的竹編泥牆大教室，二、三、四年級同學都在這裡上課，旁邊還有幾間小小的普通教室，這就是克難的建築系了。

中國因久戰之後，元氣大傷，財力物力日艱，全國民窮財盡。事隔半世紀以上陳其寬仍清楚地記得大學新鮮人的伙食，「吃飯時，我們戲稱是吃『八寶飯』，是食米中摻了穀子、稗子（米糠）、沙子等等八樣雜物，一頓飯吃下來，都是吐掉的多，所以我營養不良。」不過他已感安慰，因爲高中時更慘，早、晚只吃稀飯，只有中午才有乾飯吃，正在發育的他，更顯得瘦小不堪。

教室是統艙式的竹編泥牆屋，吃飯是難以下嚥的「八寶飯」，而宿舍呢？「住宿也很慘，冬天沒火爐，夏天臭蟲多，四川的臭蟲特別凶，連鐵床也鑽進去，同學們都跑到飯廳的木頭飯桌上睡覺或讀書，最後連餐廳也有臭蟲。」臭蟲轉移陣地，害得他們每吃一頓飯全身發癢，這還是小事，抓一抓就算了。更可怖的是宿舍蚊子多，幾乎每個人都得過瘧疾，發過高燒，幸好有特效藥奎寧，才免於一死。④

大學生是天之驕子，可是在那樣的時代，卻不允許他們有太多的享受。大學的生活就是吃不飽、睡不好、穿不暖、躲警報，如此不堪的生活，卻更激起千萬中國人的鬥志，那一代的大學生仍兢兢業業地熬過來了。

烽火無情，在戰亂中，中央大學建築系仍保有堅強的師資陣容，教授們都是早期從美國或歐洲學成歸國的建築學人，四年的課程學的都是法國藝術學院的古典建築。中大建築系圖書館中藏有大量的歷年羅馬大獎的設計紀錄，所設計的建築氣勢磅礴，陳其寬常在圖書館翻閱這些建築圖冊。

快速設計

而設計課也有評圖制度，作品互相評比，相互借鑑，他們總是受益無窮，更難得的是，老師還畫一些草圖給學生當作業參考，在克難的竹編泥牆教室，他們師生更加勤奮研習，無論是老師的教學或同學的學習，都不曾懈怠。中大建築系的課程相當多，除了相關的建築課程如西洋建築史、中國建築史、營造法、建築設計外，他們也學許多結構課程，不亞於土木系。

在諸多課程中，其中一門最令陳其寬引以為豪的課是「快速設計」。陳其寬說：「快速設計就是一天設計，早上畫草圖，晚上交卷，而且交卷時的設計圖與原來的構思草圖，不能脫節太大。我的快速設計常在班上是前幾名。」快速設計是絞盡腦汁，激發想像力的設計練習，陳其寬在設計方面初試啼聲。建築系果真是他發揮藝術長才的科系。

同時建築系也開設人體素描及水彩等藝術基本課程。陳其寬記得他的水彩課上得最為有趣，因為那一位留英的水彩畫家李劍晨老師，不是只教他們英國水彩畫法，還教他們許多不同的技法，例如可以一邊畫，一邊以水彩顏料和著漿糊，塗抹在紙上，使畫面產生凹凸的半浮雕效果，有如油畫的質感。這種增加水彩的量感與質感的技法，更讓陳其寬領悟到藝術具有無窮的可能性與實驗性，而非定於固定的技法。

陳其寬雖沒選讀藝術系，正巧建築系就緊鄰著藝術系，每到下課或放假，陳其寬便迫不及待地往藝術系鑽，藝術系的教授群可真是名師雲集，徐悲鴻、呂斯百、吳作人、陳之佛、傅抱石、張書旂、黃君璧等名家都在系上任教。中大藝術系的教學方針以徐悲鴻的寫實主義為主要理念。有一次陳其寬看到藝術系的教室掛著徐悲鴻上課時示範的畫作，一幅是七匹馬向左，另一幅是七匹馬向右，每匹馬的姿態各異，栩栩如生，令他驚嘆不已。他很想到藝術系旁聽，只是自己系上的課程排得滿滿的，根本無法抽身，只能私下與藝術系的同學切磋畫藝，努力汲取藝術新知。他還看到呂鳳子在中央大學的畫展，對他人物畫的風格留下鮮明的印象。

家在青木關

一九四〇年陳其寬就讀中大建築系一年級的水彩畫《嘉陵江畔》，把山的朦朧，水的秀美，巧妙地運用黃、藍對比色，烘托出重慶山城的霧氣瀰漫，抒發他的感性情懷。彷彿是一個遙遠的呼應，他五歲那年被「秋水共長天一色」所撩起的創作熱情，十來年後又被召喚回來。

每當放假，瘦弱的陳其寬，便常常花一天的時間由沙坪壩走回青木關，不但一路飽覽風景，回到家後又飽食一頓。父親已隨政府撤到重慶青木關，仍在教育部工作，他們也把家暫時安頓在青木關。由一九四一年陳其寬在住家附近所畫的一張水彩寫生畫《青木關》，可以看出他們家的居住環境尚好。因為抗戰時期許多任職於政府機關的公務人員，每晚都睡在辦公桌上，根本沒有家；有的人自己搭竹屋，是泥壜壁、紙糊窗，結構簡單。有時附近中彈，屋子雖沒垮下來，牆泥剝落紙窗破裂，便不成樣子，許多人修一修照住，克難萬分，甚且還在大門上張貼春聯，寫著：「何陋之有？小住爲佳！」⑤

鄉居的簡樸生活，也很符合陳其寬單純的心性。自小在顛沛流離的時代亂局中成長，陳其寬由北京而南京而重慶，由京城到西南邊陲鄉野，他愈住愈鄉下，他的觸感也愈來愈敏銳，視野愈來愈開闊。

一九四一年十二月八日，因日本海空軍突擊美國珍珠港，爆發太平洋戰爭，更把中國的抗日戰爭變成英美第二次世界大戰的一部分，中國在一夕之間升格成爲世界兩大強國的盟邦，國際情勢對中國日漸好轉。雖然日軍氣燄高張，在中國本土的戰爭被國軍及全體同胞的英勇抵抗成了深陷泥淖的拖延戰，但是在中南半島，日軍如入無人之境，使西南局勢隨之吃緊，中國戰場的軍事及民生物質，全賴美軍空運隊，由印度飛越駝峰補給。

自從一九四二年三月日本突入緬甸後，中國的軍事形勢益增困難，作戰物資極端缺乏，一九四三年同盟國加強駝峰的空運，成立中美空軍混合團於桂林，由陳納德將軍指揮。中國的駐印軍也正協同美國工兵迅速伸展雷多公路，以大量增運輸往中國的戰備物資。

一九四四年一月起，日軍爲打通華北至越南的陸上通路，大舉進攻河南、湖南、廣西，國軍一再敗潰，西南大後方爲之震動。這一年是中國抗戰最艱險的一年，不但中國戰場本身承受日軍龐大的壓力，又須支援英美聯軍在緬甸作戰。一九四四年八月中國軍隊攻入緬甸密支那機場，中國遠征軍也由雲南保山越過怒江，向緬北攻擊前進。何應欽將軍回憶抗戰的艱辛，對全國軍民的愛國精神，非常感動，他說：「當時物資極爲缺乏，各種國防工事和交通建設，都是人民用雙手築成，譬如滇緬公路、成都機場、隴海、浙贛鐵路的興建，全是人工修築。兵工廠也都用人力開山挖洞，移入地下。」⑥

中國人任何男女老幼都貢獻了他們的血汗與眼淚，準備打這場悲壯的戰爭，因爲中國打的是士氣，是洗雪國恥，是爲民族的存亡而戰！有一次負責督建新津機場的美軍准將工程師，知道當地沒一輛卡車，沒一座壓路機，驚呆了，焦急萬分地吼道：「我的時間很緊迫，這情況教我們怎麼辦呢？」當時在成都任職新三路司令的王叔銘將軍回答：「中國人，能的！」二千多公尺的跑道終在期限內完工，全靠人工，那位美軍將領工程師哭了，他說：「你們中國人，我服了，沒有一個國家能有這般毅力呵！」當新津機場正式完工啓用時，美方呈報回去的電文寫著「奇蹟」兩個字。⑦

抗戰末期，也就是珍珠港事變之後，美國供應中國無虞的軍備後援，飛機、特種部隊、駝峰空運部隊、重轟炸大隊都來了。抗戰局勢逆轉。大學生也以國事為重，投入聖戰。

註釋：

①訪談陳其寬於其台北家中，二〇〇三年五月二十九日。

②訪談陳其寬於其台北家中，二〇〇三年六月二日。

③同上註。

④同上註。

⑤嫁青〈重慶戰時生活的回憶〉，《自由青年》二十二卷七期，頁六。

⑥周安儀〈訪問何應欽將軍談對日抗戰的經過〉，《烽火血淚》，頁五五，黎明，一九八五年九月。

⑦景小佩〈訪王叔銘將軍談空軍〉，《烽火血淚》，頁九二～九三。黎明，一九八五年九月。

第三章　中美聯合遠征軍生涯

自從一九三九年起，政府為了抗戰開始徵調大學醫學院畢業生從事軍醫工作，一九四一年又徵調工學院畢業生趕造公路，加強兵工製造，同時也徵調外文系畢業生擔任美國空軍翻譯、法律系畢業生擔任軍中法官。各系的畢業生無不積極參加，報效國家。一九四三年當抗戰進入艱苦時期，許多中學以上的學生自動請纓，掀起青年從軍熱潮，一九四四年全國更是展開「一寸山河一寸血，十萬青年十萬軍」的偉大運動，一年期間全國各大學學生自動報名加入者逾十二萬人。抗日健兒的壯舉眞是預兆了抗戰勝利的先機。

陳其寬一九四四年畢業，爲了配合盟軍作戰，需要許多翻譯人員，中央大學這一期畢業生，課程尙未結束，還有三個月才畢業，便被政府全數徵召爲翻譯官，提早加入救國的行列，對陳其寬是幸或不幸呢？「幸好，我們的『結構學』沒教完、『鋼筋混凝土』的課也沒上完，來不及考試就被徵調，否則數學不靈的我，可能會被當掉。」大戰挽救了他畢不了業的危機，可是卻也剝奪了他們的畢業典禮。「連畢業典禮也沒舉行，便去協助盟軍打戰。」沒戴學士帽的陳其寬雖然語帶追悔，卻覺得很値得，因爲非常時期，一切都是爲了國家。動盪的時局，反而對陳其寬的學業帶來莫大的助益。

一個瘦小如猴的大學生，要上火線去當少校翻譯官，任誰聽了都難以置信。就要分發了，陳其寬忽然肚痛如絞，得了盲腸炎。由於傷口未能痊癒，住院三個月都是躺在床上，又遭遇空襲，護士、醫生每每抱著他逃命，鑽進防空洞。原本清瘦的他，更加孱弱了。出院時，他竟然不會走路，外事局不但不同意這位病懨懨的新兵退役，反而派他前往昆明接受三個月短期的英語訓練，準備派往前線，加入火線戰爭。

這趟軍旅，讓陳其寬的世界驟然遼闊起來。拖著病體，陳其寬從重慶搭乘軍用卡車到昆明報到，一路山壁陡峭，山路蜿蜒崎嶇，卡車行經貴州七十二彎奇景，經過「釣絲崖」時，很多車子下坡時都煞不住車，衝下了山崖，幸好他們是上坡有驚無險，安然度過。

在西南山脈陳其寬第一次驚訝地發現少數民族。地勢險峻的雲南、貴州，境內崇山峻嶺，卻得天獨厚擁有中國最多的少數民族。陳其寬路過貴州時被他們豔麗奪目的服飾震撼得五體投地，他隨手拿起隨身攜帶的彩色鉛筆畫了幾張《貴州苗族跳月服飾》（一九四四）。體弱多病的陳其寬與眼前原始、粗獷、身強體壯充滿生命力的少數民族，眞有天壤之別，難怪陳其寬對他們十分著迷。對於美，他是沒有防禦力的。

中國駐印軍與駐雲南的遠征軍於一九四四年正與美軍合作，對緬北及滇西的日軍進行反攻，中美正並肩作戰，試圖從印度運軍火經印度雷多，再運往昆明，這條中印運輸線對中國的戰備補給至爲重要。

陳其寬這一病，比其他人遲了三個月報到，反而成了班上被派遣最遠，也是唯一被派至國外的少校軍官。他的人生經驗，因爲戰爭，活得一次比一次新鮮、刺激。戰爭，雖然使人命如螻蟻，朝不保夕，這漫天烽火，也磨礪了一個人，爲他將來的藝術鋪下人生難得的生命視野。

英語才訓練三個月就可以擔任國軍與盟軍的翻譯官，其程度如何也只有天曉得。

陳其寬與其他一行人都被趕鴨子上架在訓練班等待分發。有一天忽然來了幾部軍用卡車把他們送到巫家壩機場，首次搭機的陳其寬，既興奮又緊張，因爲不能事先被告知他們將往何方，他頓時感到茫茫然，只隱約感覺飛機正往西飛。殊不知，他正被派往印緬戰區中美聯合遠征軍擔任翻譯。

第一次搭軍機

他們一行三十多人，擠在一架沒有座位，沒有空調，又沒有壓力艙的軍機上，隨著飛機飛上青天飛越喜馬拉雅山駝峰，衝入雲霄，大家心跳加速，呼吸急速，加上機內熱如烤爐，每個人都把剛發的又厚又笨重的棉襖軍裝脫掉。當他們愈脫愈多，脫得只剩下內衣褲時，不知不覺已到達了目的地。等機門一打開，陳其寬赫然發現茶田裡的農夫膚色黑如焦炭，他們才恍然大悟原來被載到印度東北角的雷多。

這趟首次的搭機旅程，令陳其寬畢生難忘，至今仍覺得心驚肉跳，彷彿在坐雲霄飛車。他說：「飛機常常要轉彎就轉彎，下降就下降，尤其下降時突然來個大翻身，與地面正好成九十度，我正趴在窗旁看風景，只見眼前的茶田全數倒掛。旋即，飛機又來個急速轉彎，倒立的茶田，又跟著排排旋轉。我的作品後來爲什麼會歪歪倒倒，正正反反，完全是來自這次搭飛機的刺激體驗。」①

下了飛機，陳其寬天旋地轉，站都站不穩，便背著行李到雷多外事室，再進駐英國軍營，等著分發。分發的軍官看他個子瘦小，手無縛雞之力，更遑論拿槍扛砲，竟無分派任何工作給他，令他大感意外。他每天閒得發慌，無事可做，只有翻出行囊中的水彩畫具，到處寫生，自尋其樂，儼然是一位軍中畫家。

人世間充滿著各種奇妙的因緣，冥冥中自有安排，陳其寬作夢也沒想到這輩子他不但能演戲，而且還是反串角色。外事室軍官沒分派他任何事，他的寫生畫卻被他們主任所賞識。遠征軍騾馬輜重兵團團長曹開諫，有一天在主任的軍用帳棚裡看到掛著一幅畫，他靈機一動到處打探畫家的行蹤。

軍中最佳女主角

當曹團長找到陳其寬時，不但他的文康活動的舞台布景設計有了著落，他還興奮地嚷著：「這回連女主角也找到了！」曹團長一聽到他那一口京片子，又看他身材纖細嬌小，完全沒有男生的粗線條，人又長得清秀、斯文，他演女生最適合不過了。可是陳其寬驚訝極了，這個十分陌生的念頭，他從來沒想過。

害羞又內斂的陳其寬，他的軍中生涯從此急轉彎。他被調到騾馬輜重兵團，這兵團主要是以騾馬載運武器，而陳其寬只負責演戲。曹團長熱心推廣軍中文康活動，那是屬於軍中的文化宣傳，可喚起全國軍民高昂的戰鬥意志。團長爲了他的扮裝更迷人，還派人到加爾各答買假髮、訂製旗袍、高跟鞋、化妝品。經過一番妝扮，這位骨架細瘦，聲音柔細，化妝濃豔的陳其寬，便在叢林軍營裡，男扮女裝到處公演，有時演諜報劇，有時演抗日劇。那部最爲轟動的《川島芳子》女間諜劇，由一位遠征軍的戲劇系同學編劇兼導演，他當女主角，獨挑大樑，演得絲絲入扣，風靡各部隊營區，他成了軍中最佳女主角、俏佳人，他自己也大感意外。「團長很器重我，因爲我既能演戲，又會做布景，他說我演得很棒，扮相很清秀，一上女妝，便顛倒眾生。」陳其寬談起軍中那段演戲生涯仍逸興遄飛。

這位少校翻譯官，反而大肆演戲，很少眞正從事翻譯。只有一回，一位美軍獸醫，要教大家釘馬蹄鐵，請他即席翻譯一套釘馬蹄鐵的程序步驟。只見陳其寬翻得頭頭是道，一個動作，一句翻譯。「我根本聽不懂，只好硬著頭皮，看著他一邊示範的動作，就我自己的了解一邊翻譯，反正大家都看得懂如何釘。」那位英語很溜的曹團長，只在一旁看著陳其寬，翻錯的地方，他也默不作聲，因爲他還要陳其寬做布景，演女主角，他怎忍心苛責，他們已是共生團體了。

擅於演戲的陳其寬，並不擅於騎馬，就有一次他的馬野性大發，又沒馬鞍，他竟駕馭不住，只好緊緊地抱住馬脖子，緊勒韁繩，幸好沒有人仰馬翻，否則他如何粉墨登場，顚倒眾生？

像陳其寬這麼瘦弱的人，在軍中竟也有用武之地，他會畫畫，會做布景，會演戲，當然也會翻譯，因爲他的頭銜是翻譯官。他的本事多，運氣似乎也特別好。戰爭時期他沒被派到第一線與敵人相搏，先前分發的一些同學，有許多人被空投到前線戰地，在湖南、雲南打游擊戰，那才眞是搏命演出。

不過，他在雷多的叢林營區中，也是一點也馬虎不得，他們一個人紮一個帳篷，萬一沒紮緊，外面常有熊、象出沒，後果便不堪設想。陳其寬儼如一位戰地畫家，隨身攜帶水彩畫具，即時捕捉雷多叢林的晨曦，《雷多風景》（一九四四），是他從軍的重要紀錄。「在古木參天的熱帶雨林中，我常看到樹上成群的猴兒戲耍、跳躍。」也許日後陳其寬能把猴子畫得那麼神靈活現，正是在軍營中不斷與猴子爲伍所致。

從軍，有人命喪沙場，陳其寬卻愜意自在。而且與盟軍共同作戰，少校軍官還比照英軍的待遇，每月可配給一桶蘇打餅乾、兩瓶酒，又供應牛肉罐頭，比大學時代的「八寶飯」好上千百倍。而一到休假，他便乘著美軍的飛機到印度加爾各答，再轉火車到新德里遊覽，造訪有名的「泰姬瑪哈陵」等名勝，眞是託盟軍的福，否則他們無此待遇。

在印度被搶

不過陳少校卻也發生了一件糗事。有一次他由新德里回到加爾各答火車站，雇了兩位黑黝黝的印度人頂著行李。火車站的檢查人員，看他又瘦又小好欺負，突然對他大聲吆喝：「這裡面有鴉片煙，要檢查！」陳其寬莫名所以被迫把行李打開，卻露出珍貴的物品及布料，幾隻黑手迅速搶過來，他馬上把箱子蓋起來，上鎖。

他替軍中同袍採買的物品價值數萬盧比，被當成毒品走私，茲事體大，他趕緊跑到外面求援，幸好外面站著一位高大的美國憲兵。陳其寬那口破英語說得結結巴巴，美國憲兵只好領著他到站長室說明。

陳其寬有理說不清，情急之下只好亮出印緬戰區盟軍統帥索爾登將軍的一紙公文，他們定睛一看，都跌破了眼鏡，上面寫著：「這位少校無論行經何處，沿途都須受到軍民保護。」原來眼前這位個子矮小，弱不禁風，貌不起眼的中國人是少校，站長趕緊請來計程車，又幫忙抬行李，先前那幾位行搶的檢查人員，也連忙買冷飲，恭恭敬敬地站在一旁行禮賠不是，站長把他從火車站送走，結束一場搶劫風波。

中國遠征軍由孫立人將軍率領，深入西南蠻荒救援被日軍包圍的英國軍隊，在緬甸成爲常勝軍，因而遠征軍在印、緬名氣非常響亮，當地的印度人對中國軍人非常崇敬。可是陳其寬因爲天氣炎熱沒著軍服，被誤以爲走私販子還差點慘遭毒手，離開火車站時，站長勸他馬上把軍服穿上，以免再遭不測。

日本投降

當盟軍光復緬甸密支那後，陳其寬隨著部隊由雷多到密支那，瀏覽城鎮風光，也畫了《戰地密支那》的寫生作品作爲紀念。這個城被轟炸得焦土寸寸幾成廢墟。陳其寬只發現聰明的日本兵都把碉堡挖在大樹根下，而且他們的軍事裝備極輕便，不像他穿著英國軍袍又厚又重又不合身，走起路來十分不方便。

騾馬輜重兵團逐步向中國移近，紮營在滇、緬、印邊界的伊洛瓦底江邊。江中肥魚成群，士兵常常拿著手榴彈炸魚，倏然水上鱗光閃閃，整群的魚兒浮在水面，軍民便一起撈魚，大啖肉多味美的鮮魚。

一九四四年索爾登將軍直接指揮下的中美部隊渡過伊洛瓦底江，十一月初旬攻陷瑞古，十二月廓清通往八莫的補給線，占領八莫。一九四五年一月與中國遠征軍會師芒友，中印公路至此已完全打通。②

自一九四四年冬季以來，日軍在太平洋、緬北及中國戰場，已無後繼之力，當美軍結束雷多島之戰，十一萬日軍被殲滅。翌年春，日軍在中國戰場猶作困獸之鬥，以七萬兵力佐以戰車百輛，緊迫陝南。漢中機場及時趕建完成，中美空軍混合團及美軍重轟炸機均進駐，大舉出擊，遏止日軍對老河口的攻勢，抗日戰爭至此益見曙光。③中國在華南、華東戰場發動反攻。

一九四五年八月六日、八日美國以原子彈投炸廣島、長崎，日本政府終無力再戰，接受〈波茨坦宣言〉，八月十四日正式宣告無條件投降，二次世界大戰結束。畫家劉其偉也曾參與抗戰，他還記得抗戰勝利那天，他正在重慶市區，那戰時的陪都在這一天達到了沸騰，「我看到了蔣委員長坐了車子在馬路上遊行，兩旁夾道歡呼，人山人海。」④

而陳其寬正好隨著部隊返回昆明，當他正在當地南屏電影院看電影時，字幕上突然打出「日本投降」四個大字，所有的觀眾電影也不看了，都衝出戲院，外面早已人聲沸騰，鞭炮響徹雲霄。一連三天大家瘋狂地慶祝。

八年浴血之戰，是中國有史以來時間最長、犧牲最大的戰爭，擔任中國戰區受降代表的何應欽將軍說：「這一次八年對日抗戰，歷經四萬零七十次大小戰役，犧牲了三百二十餘萬三軍將士，消耗了一萬四千六百多億法幣的戰費，更有五百七十多萬同胞慘遭日軍殺害，三百一十多億美元的直接損失。這些巨大的代價，才換來我們抗日戰爭的光榮勝利。」⑤

兒時想畫畫而不被鼓勵的殘夢，在大學時陳其寬不曾斷過追求藝術的美夢，現在他可以自由地畫了，所面對的風景竟是一片廢墟的山河，怎不令人哀痛，所幸抗戰總算勝利了，那張《昆明文廟》（一九四五），畫中殘敗不堪的文廟，成爲活生生的大時代見證。

光榮退伍

抗戰勝利慶祝完沒幾天，陳其寬忽然聽到外面槍聲大響，接著又聽到坦克車輾過昆明石板路，發生陣陣聲響，他開窗一看，原來是國軍入城占領昆明，龍雲部隊只好繳械投降。幸好雙方沒發生什麼大衝突。事後陳其寬趕快託人購買機票，返回重慶。

抗戰勝利，在一片旗海翻騰中，陳其寬終於光榮退伍，殊爲不易，多少人離鄉背井，戰死沙場，再也回不了家，見不了親人。在那個戰火哀號的苦難時代，能平安返鄉，眞是生命的奇蹟，上蒼的恩賜。

陳其寬回到南京，在中國第一代建築師關頌聲、楊廷寶領導的基泰建築師事務所工作，半年後進入內政部營建司任技士，與都市計畫專家陳占祥博士共同從事首都行政區之計畫，並與劉敦楨老師共同研究合院住宅改建計畫。過了一年，他考入美軍顧問團擔任工程師。陳其寬已在爲來日的留美進修計畫作準備了。

中國現代史是血淚交融，不忍卒睹的一頁。時局動盪，戰火無情，迫使那一代的中國人流離遷徙，翻山渡水，萬里流亡。走過大時代的苦難，淬鍊出他們更堅強的意志與堅韌的生命力。陳其寬慶幸地說：「我不太激動，遇災難能忍受，我不計較，我能活到如今，也是不可思議。」從二歲就不斷地搬家，高中、大學又遭逢八年抗戰，畢業後又遠至國外服役，陳其寬因而有機會走遍大江南北，由北京而南京，安徽、江西、湖北、四川、貴州、廣西及雲南各省，又至印度、緬甸叢林，既飽覽各省風光與西南的名山大川及少數民族的原始風味，也體會域外風情，對生命的體驗更爲充實。時代的災難，給了陳其寬機會，也提供了他未來大顯身手的舞台。

對日抗戰勝利帶給中國的不是和平，而是國共激烈內戰的開始。時機卻不允許那一代備受災難的中國人享受勝利的果實。漢寶德的回憶錄寫著：「抗戰勝利，在淪陷區卻感受不到什麼歡欣，甚至也不敢有所期待，因爲共黨的軍隊幾乎自天而降，軍隊過去留下的人員開始建立地方的組織，開始進行鬥爭。」⑥加上美國馬歇爾的調停失敗，戰局急轉直下。一九四八年國軍節節失利，中共的解放軍全面出擊，遼瀋、淮海、平津三大戰役全面潰敗。正當國共之間的矛盾與衝突愈演愈烈，一九四八年八月陳其寬揮別家園，由南京到上海隻身搭乘「戈登將軍號」輪船，揮別他居住了二十七年的苦難祖國，遠赴新大陸。

註釋：

①訪談陳其寬於其台北家中，二〇〇三年六月二日。

②虞奇《抗日戰爭簡史》，頁六七五，黎明，一九八五年七月四版。

③林則彬〈我曾在川陝修建機場〉，《烽火血淚》，頁四九～五〇。

④楊孟瑜《探險天地間——劉其偉傳奇》，頁五八，天下，一九九六。

⑤《烽火血淚》，頁五六。

⑥漢寶德《築人間——漢寶德回憶錄》，頁四五，天下，二〇〇一年十月。

第四章　飛越千里美國夢

遠赴美國留學的陳其寬最主要是學建築工程，卻無心插柳柳成蔭，意外在美國開了十次水墨個展，甚至還被藝術史家吳納孫評爲水墨畫「三百年來第一人」。陳其寬究竟如何「一手鉛筆，一手毛筆」崛起於藝壇呢？冥冥之中，美國夢似乎是他走向藝術之路的召喚，就是這樣一趟美國之行，改變了陳其寬的一生。

留學伊利諾大學

初抵美國舊金山，陳其寬到洛杉磯大姊陳其恭處，遊覽兩星期，再到他所申請的密西根大學報到，隨即又轉往伊利諾大學建築研究所就讀。

在建築系系館他首次看見美國寫實主義畫家魏斯的展覽。魏斯最具代表性的《克麗斯汀娜的世界》正是完成於一九四八年，他喜用蛋彩顏料，以縝密細緻、唯妙唯肖的寫實技法描寫美國的自然與風土，令人對鄉土興起無限的懷念。在美國抽象畫獨領風騷的年代，魏斯卻執著於寫實主義與時潮背道而馳。他的勇氣與繪畫的細膩質感令陳其寬十分感動，這是他來美國所接觸的第一個展覽，也觸發他濃濃的鄉愁。另外他也看到瑞典建築師沙里南設計的美國聖路易的大圓拱門。

在建築系裡的畫展與建築展令他印象深刻，是否也象徵著日後他將在繪畫與建築之間共生共存？

第一次世界大戰後，在德國葛羅培斯創立包浩斯學校，他打破舊的學院式教育框框，推行新的教育方針，培養新型設計人才；另一位德國著名建築師密斯，投身戰後德國大規模的低造價住宅實踐；在法國勒・柯比意以《邁向建築》一書，批判因循守舊的復古主義建築思想，強烈主張創造表現新時代及新精神的新建築。一種新的建築觀念漸漸形成。①

四〇年代～五〇年代美國的建築是現代主義思潮風行的時期，它源自二〇年代歐洲現代主義建築的三位大師，其中兩位德國建築師葛羅培斯與密斯，正是包浩斯學校首任校長與最後一位校長。由於二次大戰流亡到美國，在建築學校任教，培養美國新派建築師，也把現代主義建築簡潔、少裝飾，發揮現代材料、結構和新技術的特質在美國播種。再加上美國建築家萊特，主張建築與自然結合的「有機建築」，形成美國戰後的建築思潮。

建築的五四運動

伊利諾大學建築研究所的課程，主要是實作爲主的建築設計與理論爲主的建築史。第一學期他們學的是法國藝術學院派的建築，必須畫希臘建築的五種石柱，如多立克（Doric）、愛奧尼亞（Ionic）等，由柱頭、柱身畫到柱礎，整個柱式的力量向上升起，底部粗，頂部較細，十分重視比例，而且顏色由深畫到淺，還要畫天空背景，異常繁複。爲了體驗古希臘建築藝術這種「單純的高貴，靜穆的偉大」的和諧之美，陳其寬說大家都畫得累昏了頭。

「不再要那種布雜式（法國藝術學院派）的辛勤作圖法，不再要瑣碎的文藝復興式表現法！看看密斯的圖！他根本不用陰影，只用快速乾脆的直線，眞是乾淨俐落，再看看柯比意！他的圖，眞正的潦草……我們宣布：不再要那些磨死人的古典文藝復興細部。」②一群美國學生草擬請願書，建築系所的老師讓步了。

第二學期即一九四九年，美國的學制整個徹底改變了，他們改學追求簡單，善用現代技術、材料的包浩斯設計與建築。由法國巴黎藝術學院派精細描摹古典比例的課程到包浩斯的新式課程，可謂建築的五四運動。陳其寬當時並不知，從此包浩斯的理念將與他結下終身緣分，甚至還成為台灣引進包浩斯建築設計教育的第一人。

伊利諾大學的建築史梁教授以基提恩（Sigfried Giedion）的著作《空間、時間、建築》作為主要教科書，陳其寬對作者所提出的建築是追求理性與感性的平衡最為傾心，也讀《機械的領導》使他對設計產生很大的激盪。上設計課時，老師帶他們去芝加哥參觀萊特的建築，了解他對光線與空間的靈活運用及建築與周圍景觀的協調契合。那個在同學群中，鵠首仰望萊特現代建築的研究生，是否也興起「有為者亦若是」的雄心？

畢業製作得首獎

這一年的學習過程，理論與實務並行，他們就只做兩件作品，而陳其寬那一班的畢業製作，全數參加當地市政廳的競圖，他竟然從五百多人中脫穎而出，贏得丹佛市市政廳設計首獎。陳其寬既感意外又驚喜，以一個東方人的思維，在美國薰陶一年，

hanghai Student Wins
ity Hall Design Contest

Kwan Chen, center, stands behind a scale
del of a proposed Danville municipal building
d coliseum he designed in a contest with other
iversity of Illinois graduate architectural stu-
nts. His was judged best and Wednesday noon
the Elks Club, the Shanghai, China, native
eived a $100 award from Herb Depke, Danville
Plan Commission chairman, standing at his righ
Others in the picture, left to right, are Dawso
Chuang, third place winner; Prof. C. C. Briggs
the University, and Jack Baker, who was secon
Chi's design would cost in the neighborhood of
million dollars to build on the city-owned l
occupying the south side of W. North St. betwe
Franklin and Walnut.

上：在伊利諾大學建築系研究所就讀時，陳其寬（右一）與勒佛教授共同討論。（1949）
下：陳其寬以他的畢業製作，贏得丹佛市市政廳設計首獎，是難得的殊榮。（1949）

就打入建築競賽的首獎，可見他在設計方面的獨到構思。

他說：「那是一個用大走廊圍起來，然後裡面、外面都有房子的設計，不過所有房子都是個體的。一共有五百多人來參加這個比賽，後來評圖的人一看我的設計，都覺得很特別，因爲美國人從來不會想到這麼做，美國人都是每個房子咬在一起，中國人不來這一套，中國人是用房子來圍不同的空間。」③陳其寬初次嶄露頭角的作品，原來是將兒時在北京所居住的四合院空間組織結合現代建築設計理念而成，他靈活的想像力與創意，終於在異國大放異彩，來日他能再超越自己，邁向另一個高峰嗎？

讀了一年，一九四九年陳其寬畢業了，一個中國留學生即使獲得設計首獎，在美國找事一樣不容易，沉默、木訥的他在芝加哥沒找到工作，便到洛杉磯姊姊家住。他的第一份工作是在一人公司的小小事務所打工，工程一做完，又失業了。第二個工作是兩人公司的事務所。

工作之餘，陳其寬不忘進修，他到洛杉磯加州大學藝術系，選修工業設計、室內設計、陶瓷、金工與繪畫等五門課程，同時也申請入哈佛大學建築研究所深造。

在陶瓷課堂上，陳其寬所捏塑的作品《魚》（一九五〇）簡明的造形，無多餘的裝飾，很有包浩斯的味道。而繪畫課的老師，教他們大玩潑墨遊戲，他讓同學們把顏料丟在沾滿大量水分的畫紙上，再把紙隨意轉一轉，等到紙上的各種顏料乾了以後，再依不同的形，進行創作。這個新鮮有趣的實驗，興起了他的玩心，也讓他認真地思考建築教育與藝術教育的不同。建築往往是在一個合理的框架中完成，而藝術就不一定要合理，可以按自己的需要，隨心所欲地創作。他感覺藝術比建築更好玩，更有趣，更符合他內在的需要。

葛羅培斯的電報

一九四九年中國的命運改變了，四月中共解放軍終於挺進長江，南京陷落，局勢惡化。華中的白崇禧軍團，西北的胡宗南部隊，先後敗退。國軍精銳部隊盡失，共軍攻勢日正當中。同年十月一日，中共在北平天安門宣布成立中華人民共和國，國民政府已失去大片江山，遷往台灣，形成兩岸分治局面。

中共異軍突起，建國後大刀闊斧在全國實施新體制化的重建改造，防止通貨膨脹，推動全國土地改革，進行工業化等等政策，使得長久以來歷經軍閥混戰、北伐戰爭、抗日戰爭、國共內戰等戰爭迫害，流離失所的中國人，對一片狼藉，備受蹂躪的家園，初次有了脫困的安全感，有了浪漫的想像，有了理想的烏托邦寄託。

適值一九五〇年六月二十五日，北韓在蘇俄的後援下，突然進攻南韓，爆發韓戰，美國派遣第七艦隊巡弋台灣海峽，防止中共武力犯台；而中共發動「抗美援朝運動」，動員大量兵力投入韓戰，與美軍激戰，更激起空前亢奮的民族意識。海外的知識分子，基於激烈的民族國家認同，紛紛返回中國大陸，響應新政府的號召，投入建設的行列中。

人在美國的陳其寬眼看著許多中國留學生紛紛歸國，一九五一年當他在加州大學的選讀課程結束後，接到國內天津交通大學寄來的聘書，他捆好行李，準備與姊姊陳其恭一起返回大陸老家，卻意外接獲他申請許久的哈佛大學建築研究所所長的一封電報，希望他盡速去報到。姊弟兩人相擁而泣，既喜且悲，既瞻望著前程又遲疑著歸鄉。姊姊已拿到氣象學博士學位，弟弟才碩士而已，她當機立斷告訴弟弟：「我是老大，我回去照顧父母，你留下來繼續深造，機會難得，好好吧握，等學成再歸國也不遲。」姊姊一向在關鍵時刻，替弟弟做抉擇，就像陳其寬當初選擇建築系也是姊姊的意見。

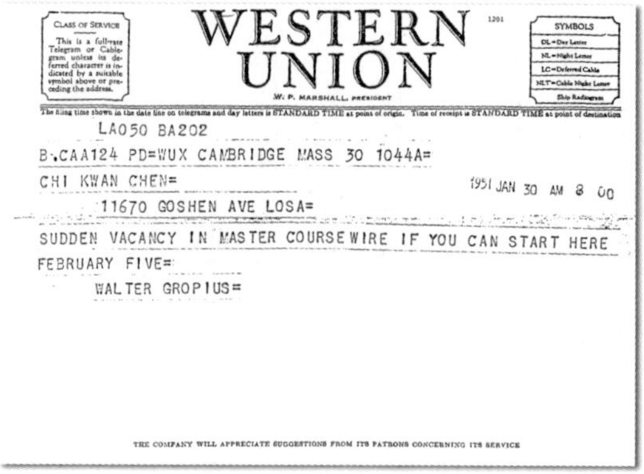
WESTERN UNION

W. P. MARSHALL, PRESIDENT

LA050 BA202

B.CAA124 PD=WUX CAMBRIDGE MASS 30 1044A=

CHI KWAN CHEN=

1951 JAN 30 AM 8 00

11670 GOSHEN AVE LOSA=

SUDDEN VACANCY IN MASTER COURSE WIRE IF YOU CAN START HERE FEBRUARY FIVE=

WALTER GROPIUS=

THE COMPANY WILL APPRECIATE SUGGESTIONS FROM ITS PATRONS CONCERNING ITS SERVICE

哈佛大學建築研究所所長葛羅培斯給陳其寬的電報。（1951）
這是陳其寬生命轉捩點的一封重要電報。

姊弟倆揮淚告別，陳其寬又拎著打包好的行李，直奔波士頓的劍橋。兩人各奔西東，兩人都不知，此去竟是天涯永隔，相見已成空！

陳其寬搭著灰狗巴士，橫越美國中部各州，一連趕了兩天一夜的路，終於抵達東岸波士頓的劍橋。驚喜未定的他，與素所景仰的葛羅培斯所長相見後，只有眼睜睜地放棄唾手可得的入學機會，只因哈佛大學學費太貴，而他已有一個碩士學位，無法再申請獎學金。人生自有峰迴路轉，這天打雷劈的打擊，卻闖出了陳其寬的另一條生路。垂頭喪氣的他，壓根兒沒想到葛羅培斯竟然邀請他到他的聯合建築師事務所TAC工作，要他籌足了學費再入學。這一日可以說是陳其寬生命中最重要的一個日子，也是他人生極關鍵的一個轉捩點。葛羅培斯無疑替他打開了另一條路，而且是一條日後爲他在建築與繪畫鋪下良好基石的路。

從洛杉磯到波士頓，只是美國境內的行程，對陳其寬來說，卻是人生航向的大轉彎，雖然當時，他並不自覺。

進入TAC

葛羅培斯是一九三七年由英國轉赴美國，在哈佛大學擔任建築系主任。一九四六年他與七位出身哈佛大學建築系所的美國青年建築師，合作成立聯合建築師事務所。陳其寬雖然不是哈佛大學畢業，能被這位二〇年代歐洲現代主義大師網羅在門下，實非易事，也是千載難逢的機緣。他兢兢業業，一點也不敢懈怠，他把握每一個學習的機會，參與哈佛大學建築研究所的所有評圖討論，更努力地研讀設計學院圖書館中所陳列的歷年重要論文。從一九五一到一九五三年，他與葛羅培斯共事的三年時光，他設計了許多小住宅與學校，也受到葛羅培斯建築思想的薰陶。陳其寬說：「當初我所以決定到哈佛再讀研究所，就是因爲欣賞葛羅培斯，我不想到密斯那兒去，我對他不感興趣。葛羅培斯雖是我的上司，但他讓我們自由發揮，他給我的感覺是作風很自由；我們大家常常中午與他一起吃飯，一邊用餐，一邊討論每個人所負責的設計案。他是很仁慈的長者。如今事實證明很多有名的美國建築師都是出自葛羅培斯的門下，而不

包浩斯學校創辦人葛羅培斯（第二排右三）與他的聯合建築師事務所同仁合影，前排右二為陳其寬。（1953）

是密斯。」④

畢業於哈佛大學建築研究所的貝聿銘，談起他的老師葛羅培斯，他說：「我一直覺得在哈佛從葛羅培斯身上學到的東西，比在麻省理工學院所學的還要多。因爲葛羅培斯不是偉大的建築家，而是偉大的教育家。」又說：「包浩斯的教育方向是徹底的多學科跨領域教育的教學形式。大抵所有對建築來說重要領域的知識都會被歸入授課內容。」貝聿銘覺得甚至至今葛羅培斯仍對他有所影響，因爲葛羅培斯教他們在著手解決問題之前要先有分析問題的態度。⑤包浩斯學派的畫家費寧格這樣寫著：「若是誰不能從他那得到力量，那眞是遺憾啊！」

無疑地，陳其寬與貝聿銘都從葛羅培斯那兒獲得深厚的現代主義建築薰陶。

包浩斯如今被認爲是整個現代主義運動的主要象徵，也是現代設計運動的重要派別。包浩斯學校由德國建築師華特．葛羅培斯一九一九年在威瑪創立，當時是以培養全能的建築師爲目的，當初它的課程精神就是把雕塑、繪畫、實用美術和手工藝的各種方法，結合爲一個整體作爲建築的基礎。

在葛羅培斯主導下，他注重科學、手藝、工藝的結合，早期的教師伊登（Johannes Itten）教授基礎課程，著重紙材的造形練習，又有費寧格（Lyonel Feininger）爲印刷廠藝術指導，抽象畫家克利、康丁斯基教導學生深入探討線條與色彩的性質，並注重造形處理。一九二三年之後擅於抽象金屬雕刻的納基（Moholy Nagy）加入包浩斯，加上抽象畫家阿爾伯斯（Josef Albers），包浩斯學校成爲二〇年代歐洲最激進的藝術流派的據點之一。一九二三年葛羅培斯發表「科技與藝術結合」的演說，提出新的教育理念：「藝術與技術必須有一個新的統一」，之後包浩斯學校的建築科目異軍突起，當時的建築限於土木建築、工業與室內設計（即家具、陶器、紡織等方面）。學生透過基礎教育和工廠實習，達成工藝與產業結合。

以包浩斯為信念

在建築師葛羅培斯指導下，包浩斯在設計方面卻發展出驚人的成就，尤其它強調利用新技法、新材料，形塑出一套重空間講功效的設計法則。它的特點包括：

（一）在設計中強調自由創造，反對模仿因襲、墨守成規。

（二）將手工藝與機器生產結合起來，用手工藝的技巧創作高質量的產品設計，供給工廠大規模生產。

（三）強調各門藝術之間的交流融合，提倡工藝美術和建築設計向當時已經興起的抽象派繪畫和雕塑藝術學習。

（四）培養學生既有動手能力又有理論素養。

（五）把學校教育同社會生產連線。

包浩斯的設計教育在當時是一項新的突破，更是一種新的設計學制，因為它引進了許多工程學科的學分與工學院裡的工廠實習制度，區隔出當時歐洲設計教育的體制，主要是法國藝術學院（Ecole des Beaux-Arts）通稱「布雜教育體制」的學徒制。

在抽象藝術的影響下，包浩斯的設計風格注重發展結構本身的形式美，講求材料自身的質地和色彩的搭配。以包浩斯培養出的學生布勞耶（Marcel Breuer）為例，他所設計的鋼管皮革俱樂部扶手坐椅（一九二五），內部的結構造就了外觀的造形，機能設計的理念是當時包浩斯思想的支柱。另一件密斯一九二〇年代在包浩斯所做的懸桁式鋼管皮革坐椅設計，是包浩斯最著名的作品，也是鋼管家具中的經典之作。它優雅的弧線和組件搭配，充分展現了機器美學的風格品味。⑥

一九三三年包浩斯為納粹所關閉，這所由建築師、藝術家及工匠所組成的包浩斯學校，雖然並非一所建築專業學校，但所有的訓練都與建築相關，每一項技藝都從屬於建築，一如它的創校宣言：「視覺藝術的最終創作目標就是完整的建築物。」

葛羅培斯是革新派的建築師，他的建築觀點是堅決地同建築界的復古主義思潮進行論戰，葛羅培斯在他所寫的《整體建築總論》（*Scope of Total Architechure*）書中說：「我們不能再無盡無休地復古，……建築沒有終極，只有不斷地變革。」又說：「眞正的傳統是不斷前進的產物，它的本質是運動的，不是靜止的，傳統應該推動人們不斷前進。……現代建築不是老樹上的分枝，而是從根上長出來的新株。」葛羅培斯鏗鏘的語句，表達他對保守主義的強力批判，也顯示出他作爲二十世紀新建築運動的思想領袖的氣概。葛羅培斯被認爲是新建築運動的奠基者和領導人之一，一九五三年在他七十歲之際，美國藝術與科學院舉辦「葛羅培斯討論會」，葛羅培斯的確是現代建築史上十分重要的革新家。

在聯合建築師事務所工作一年後，陳其寬鍥而不捨的學習態度與敬業精神，有目共睹，葛羅培斯更把他推薦到麻省理工學院擔任建築設計講師。在教學上，他受到系上一位匈牙利籍的藝術理論家凱培斯（Gyorgy Kepes）造形試驗的啓發，他是包浩斯第三代，他所寫的那本《視覺語言》（*Language of Vision*）強調運用玻璃、塑膠等新素材的透明性，創造最大建築空間的可能性，開啓了他的新視野。同時凱培斯運用照相機所拍攝的各種水紋、閃光的新穎造形，更讓他驚異地發現現代科技對藝術的衝擊。他關注肉眼透過物眼，如符X光、顯微鏡、望遠鏡等現代科技，人的空間視野比單用肉眼所見的世界更爲寬闊而不可思議。他自己乾脆玩起相機，動手洗照片體驗物眼對肉眼的影響。同時系上另一位教授的摺紙結構作品也引發他莫大的興趣。

當陳其寬遇上這位充滿革新精神，現代建築史上最重要的建築大師時，他在創作上自然也充滿了革新意識，他大膽地展開各種實驗，發誓要從最簡單的工具、材質中，開拓出最大的可能性。

陳其寬說：「包浩斯教育強調有什麼材料、什麼工具就利用它，發展出它的特色，產生新的東西。所以我就想中國有特殊的紙、筆，爲什麼沒有充分發展，於是我便動手嘗試，做緩和、漸變的革命。」

重拾毛筆

學理工的人，總是比較理性，也比較具有批判觀點，尤其是陳其寬接受了葛羅培斯的建築新思想後，再看到中國畫展，他心裡不禁打了許多問號：「爲什麼看來看去都是那一套花鳥蟲魚或山水人物，了無新意？」他自己雖沒學過中國畫，也沒臨摹過中國畫，但他覺得中國畫到了二十世紀應該可以變一變，打出一條新路吧！陳其寬把他的想法告訴與他同住的中國友人，一位中央大學藝術系畢業的畫家，他的技巧極精湛，在美國開過個展，也賣得很好，只是對方對他的言說無動於衷。最後具有實驗精神的陳其寬按捺不住地對他說：「你不走，我要先走了！」

陳其寬所以走上中國繪畫，要歸功於這位畫家的不解人意，正是與其勸別人另闢蹊徑不如自己動手畫來得快，也更務實。毛筆他並不陌生，從五歲就開始執筆，日日臨池不輟，直到二十歲才未再動筆，儘管如此，他對毛筆仍充滿了深厚的情感。

美國具體而微地顯現了世界的多元，在葛羅培斯的聯合建築師事務所工作時，陳其寬逮住機會就看展覽。他仰著頭慢慢回憶：「在MOMA美術館（紐約現代美術館），我看到的都是繪畫，尤其抽象畫最多。我沒看過建築展，也沒看過設計展，但我看雕塑展，亨利・摩爾與野口勇的雕刻展及庭園設計我看過。」

對啊，五〇年代美國正是抽象表現主義的尖峰時期，乍看克萊因黑白分明，筆觸鮮明，元氣淋漓的抽象畫，好像是中國書法的局部放大；波洛克的油彩滴灑，交織的網線，密密麻麻，創作時全身使勁運動的「行動繪畫」，有如中國書法家的即席揮灑；德庫寧粗野狂亂的線條，痛快淋漓的筆觸；高爾基奔放自由的書法式畫風；葛特列伯大筆塗抹的黑色團塊；馬哲威爾的黑色象徵式符號，在在都與中國書法有著若即若離的呼應關係。

正因爲抽象表現主義獨特的書寫性的衝擊，陳其寬一直潛藏於內在根深柢固的母體文化，終於迸放而出。他來自西方現代主義建築的涵養與中國書法的功力，使他一出手便與傳統繪畫截然不同。

在葛羅培斯建築事務所工作之餘，陳其寬不忘重拾毛筆，提筆作畫。

置身在美國，陳其寬常看展覽，紐約這藝術之都，人文薈萃的大都會，正汲取與釋放世界的精華。美國讓他重新發現與省思，他訝異的是，儘管每位抽象畫家透過線條、色彩與身體動作，作情緒性的表現，但每個人的面目都十分強烈，絕對不會有雷同之處。陳其寬內心十分了然。中國畫的確可以玩出許多花樣，雖然他只是業餘地玩玩。沒想到這一玩，他那血液中潛流的志趣竟澎湃洶湧起來，開展出前所未有的新天地。是美國的當代藝術刺激了他的創作欲也激發出他的探索勇氣。紐約多少畫家沉溺在藝術時潮裡，冒不出頭；而陳其寬以建築為專業，畫畫只是業餘地玩玩，不敢有成名的奢望，他只是做他感興趣的事而已。

陳其寬不只畫，也做立體造形，曾在洛杉磯加州大學研習過金工的他，有一次看到柯爾達（Alexander Calder, 1898-1976）的動態雕刻，引發他用銅線彎曲成如書法線條般的立體造形。另一方面，英國大雕塑家亨利．摩爾（Henry Moore, 1898-1986）一生不斷實驗的《母與子》、《側臥像》，追求結構、量感，在實體上鑿洞或挖空，凸顯雕塑的張力，表現虛實、凹凸有致的空間的有機雕塑，也觸發陳其寬畫出如中國太湖石般具有漏空之美的繪畫作品。

陳其寬一九五二年七張《母與子》聯作，畫面母親彎著腰、曲著腿，抱著小孩吃奶或舉起小孩，逗戲耍玩，彷彿是畫出兒時在北京家中偎依在母親懷抱裡的甜蜜意象。簡約的線條組構成既實且虛的親情符號，正是受到摩爾的《頭盔》（一九三九～一九四〇）、《盔甲頭像第一號》（一九五〇）等象徵母親孕育胎兒，形體中又有形體，內外虛實空間相互依存雕塑的影響。在極簡純的線條中，表達極豐富的親情意涵。這不啻是身在異國的陳其寬，在大陸易幟後，無法返回故鄉的鄉愁之作。

如果《母與子》像行楷書，端正中有變化，那麼《足球賽》（一九五二），就是強調速度感的草書，綿延不盡的線條，由中央向上下兩端不斷衍生，游絲不斷，球員扭成一團，搶球、進攻、滿場跑的速度感，都在飛動的點畫中，表露無遺。抽象的作品含藏著具體的意象，點忽大忽小，忽粗忽細，線條的跌宕起伏引出一股動勢，聚散的空間組織，留白的效果，是他對中國畫的初次嘗試，也是試驗，更是挑戰。藝術史學者徐小虎認爲《足球賽》：「讀之如聆聽音樂，具有主題、發展、再現、高潮和解決。」陳其寬自己對這張畫的空間是採取「騰空向下看」的角度畫出球員、球場的動態空間。⑦

《草原》（一九五三），陳其寬把一雙雙飛快、奔騰不已的馬腳，畫在上方，一匹匹馬頭則畫在下方，中間一隻完整的小馬，流暢、飛動的線條，結合設計性的構圖與

右：
《母與子》　1952　水墨
120×15公分

左：
《足球賽》　1952　水墨
186×30公分

大片的留白，構成馬兒奔馳空闊草原的意象，陳其寬的畫有時只可意會不可言傳。《生命線》（一九五三），以簡單的幾筆線條，描繪出母豬餵哺四隻小豬的溫馨感人畫面，像是畫家遙想兒時母親的哺育親情。極簡潔的線條，流露出赤子之心。

《山城泊頭》（一九五二），陳其寬以白描線條勾繪長江上游重慶山城，商家雲集，船隻往來的熱鬧景況。他以俯視、平視、仰視角度統理空間。前方泊於岸邊的船隻，船上滿載貨品及豬隻家畜，是俯視角度。上了碼頭後中景的商店及挑擔的商賈，是平視角度，再沿階梯上移，又以仰視畫遠方屋舍、山巒。陳其寬不以建築上的定點透視，呈現理性的畫面；而以中國人「遊」的心境，沿著階梯，拾級而上，景點步步換，視點步步移的移步換景的移動視點，舖陳出有如北宋《清明上河圖》手卷般的繽紛意象，不同的是它是狹長的立軸。作品初次透顯出陳其寬擅於經營細緻的畫面，也擅於捕捉區域性的風土民情。尤其山城最頂端是挑擔叫賣，商販雲集的市集，陳其寬懷鄉憶舊的情思，滿溢紙上。

一九五二年的《街景》、《運河》，都是由高空俯視地面，屋宇秩序井然，長長短短地排列著，是畫面的「實」，街衢、運河成為貫通上下的主要銜接，是畫面的「虛」。再加上船隻、行人、旅人的點景，不但構圖奇特，虛實相生，也可看出陳其寬把建築上的平面圖融入水墨畫的嘗試與用心。《漁魚》（一九五三）也是以高空鳥瞰如搭飛機，由上望下的角度，描繪河岸的捕魚風光。

《拔河》（一九五二），是左右開展的橫幅作品，一方七人，一方六人，戰場上拔河比賽者，使盡全力，各種姿勢無奇不有，人物的正、側、背面面俱到，動作十分滑稽有趣。主角雖只有區區的十三人，雙方叫陣的人馬卻有著綿亙數千公尺的場景。大小、聚散的組合，拉力的表現成爲畫面的焦點。陳其寬甚至建議收藏家掛畫時，可以把作品一分爲二，一半掛在一間房間，另一半掛另一間，便可感覺中間有一條無形的線串聯其間，無形中增添畫面的趣味感。陳其寬說：「我這幅畫是受到抗戰時期大陸上一位漫畫家高龍生的影響，他的畫生動有趣，我很喜歡。」動作誇張的拔河者像是一場表演賽，令人看了不禁莞爾一笑。陳其寬把漫畫特殊的「笑」果，融入水墨的白描，畫面詼諧有趣。

沒進過美術學院，更沒臨摹過傳統國畫的陳其寬，反而擁有一顆完全開放的心靈，他像大海裡的游魚，天空裡的飛鳥，自由自在，無拘無束，游出自己的姿勢，飛出自己的姿態。

陳其寬後來以畫猴聞名，而他最早的猴子是一九五二年的《閒不住》，兩隻像是鬥嘴又比武的猴子，眞是閒不住，猴子的四肢動作與毛筆的使轉，雖不如後來的猴畫運筆精熟自如，卻是日後猴畫的雛形與奠基。

《醃菜》（一九五二），甕、碗、蔬果的組合，粗放與柔細筆觸的交融並置，有齊白石的筆意。陳其寬不諱言地說：「我沒入學院，反而好，我沒拜過師，拿起筆就自己琢磨，我一直把畫畫當消遣，所以我不會去革命，一開始我是先學齊白石，後來就不一樣了。」⑧齊白石用筆的拙趣與幽默的畫面，他已多所體會，日後他在蝦、蟹、雞、蔬果等題材上的運用，及大寫意與細如毫髮的工筆上的發揮，無疑是受到齊白石的啟示而來。

第一次畫展

在波士頓劍橋的葛羅培斯聯合建築師事務所工作三年（一九五一～一九五三）期間，陳其寬一方面在麻省理工學院教設計，一方面自行探索繪畫。一九五二年他就在學校的藝術館舉行個人生平第一次個展，所有的作品都銷售出去，唯獨那張《醃菜》，他實在太喜歡了，捨不得割愛。這次展出的成功，就像是啼聲初試，但聲音嘹亮，餘音不絕。陳其寬接著又在波士頓瑪格麗特・布朗畫廊與雕刻家大衛・史密斯等人共同舉行聯展。年底在紐約懷伊畫廊舉行第二次個展。

翌年（一九五三）陳其寬再接再厲又在布朗畫廊展出，這是他的第三次個展，作品又全數賣出，波士頓《基督教科學箴言報》曾有詳細的報導：「陳其寬的畫是素描與繪畫的結合，這些畫有思維性、表現性及象徵性。它們以不同的方法來感動我們，引導我們進入不同的心境……。陳其寬常幽默地描寫一些小事物，這些事物經常勾起人們的聯想。在這位畫家眼中，細小的事物與巨大的題材都含有重大的意義；在世間變化無常的萬物中，總會顯出永恆的詩境。」⑨

這種永恆的詩境，永恆的和諧，在古希臘神廟建築就有以剛勁為特徵的多立克柱式的壯美和以柔和秀美為特徵的愛奧尼亞的優美兩種柱式。陳其寬畫作的特質傾向愛奧尼亞式的優美，也日漸形成他日後恬靜、典雅、柔美的和諧畫風。

五〇年代陳其寬正在建築與藝術之間如魚得水，優游自樂。此後他畫展不斷，陸陸續續固定在紐約的懷伊畫廊、米舟畫廊舉行個展，在他一九六〇年返台任東海大學建築系主任以前已經舉行個展七次，他已成為紐約華人藝術圈中人人皆知的建築師畫家，這真是無心插柳柳成蔭。

陳其寬往往只把畫畫當成遊戲之作，看似漫不經心的畫面，其實深深地蘊含著他在建築專業上追求比例、均衡、統一等形式美，及空間的處理。例如《窗上行舟》（一九五四），或《風帆入畫》（一九五四），取景布局在空間上都是由室內桌上的靜物推衍到窗外的景致，以一種登高望遠的俯視角度，以咫尺之圖，寫盡千里之景。

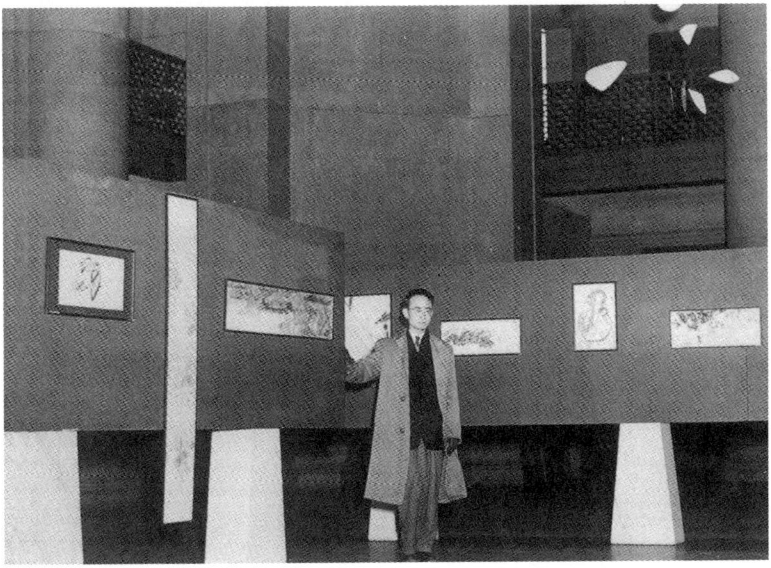

一九五二年陳其寬在麻省理工學院藝術館個展。

在中國繪畫新技巧的開展上，陳其寬一如他在建築上對新材料、新結構的運用一般，他勇於探索、實驗，他的畫往往不見傳統皴法，卻見許多特殊肌里。例如《大雨如注》（一九五三），滂沱大雨，如珠而下，或《西山滇池》（一九五三）中壁立千仞的高山都是他打破傳統框限，在排水性的塑膠布或玻璃上，塗刷墨色或墨點，再轉印到畫面上，便形成大小不一的墨點肌理，別具奇趣。新的技法果眞如實地傳達出他在中國所經歷過的生活體驗。同是中央大學畢業的唐德剛看到《大雨如注》後，寫道：「我想，恐怕只有我們於四十年前，在中大學生『伙食團』當『採購員』的青年，在『大雨如注』之中，打著傘、赤著腳，到『磁器口』去買菜的『沙坪舊侶』，才能眞正領略個中滋味罷。」⑩

五〇年代當抽象表現主義逐漸成熟，蔚為「紐約畫派」時，陳其寬和鹿橋（吳納孫）及唐德剛等幾位抗戰後大學生來美留學的藝文同好，組織「白馬文藝社」，推選愛好抽象畫的顧獻樑為會長，結伴賞畫，集體學習。社友之中的卓乎來和歐陽可宏、周培貞夫婦，並開辦「米舟畫廊」，畫廊順理成章成為社祉，陳其寬早期的個展幾乎都在「米舟」展覽。⑪

一九五四年陳其寬接受貝聿銘的邀請共同合作規畫東海大學校園，一九五五年陳其寬忙中偷閒到紐約藝術學生聯盟，選修石版畫課程，《美食》（一九五五）就是他以特殊技巧在厚厚的石版上做出的水墨效果，極富齊白石畫意。他一心一意地創新，即使石版畫有一定的作畫程序，他偏不按程序創作，學期結束時，指導老師皺起眉頭搖頭對他說：「你這個人很奇怪，從來都不按照規定的方式做！」眞是一語道中他不按牌理出牌，屢屢破格的個性。在美國時，陳其寬甚至還問過張大千一個奇怪的問題：「請問作畫是否可以從反面畫？」張大千嚴肅地回答：「這不是正統，畫畫一定要從正面畫。」殊不知，陳其寬作畫哪管正統不正統，用中國宣紙，只要畫面需要，正面、反面他都畫。他開拓了許多技巧，不斷實驗，往往多做少說，默默耕耘。陳其寬覺得那與他學工程的訓練有關。他認爲：「造一棟房子有無限的可能性，有多種的可變性，建築十分靈活，所以藝術應該也可變，要變美而不是變醜。」⑫

正當陳其寬畫展不斷，被《紐約時報》評爲「具有新的創意與千篇一律的中國畫不同」而聲名鵲起時，一九五六年陳其寬獲得美國《市集建築》雜誌主辦的青年中心建築競賽第一獎。這項榮耀已預示未來他將在建築與繪畫上齊頭並進，並且相輔相成。爲什麼一個建築師會那麼熱中於繪畫呢？繪畫對他來說是一種抒發，也是一個窗口，讓他的感性找到出口。繪畫絕對不只是「畫」這麼簡單而已！

從鄉愁畫起

纖細而敏感的陳其寬在五〇年代的許多作品都是充滿濃郁的鄉愁之作，《窗上行舟》（一九五四），就是從現有的時空，人在室內透過窗戶遙想故國江山。《北海》，細密如髮絲的楊柳枝，迎風飄逸，在隱約中浮現迷迷濛濛的北海白塔。《臥遊》（一九五七），透過船上片片如窗的幾何形帆篷，遠在美國的陳其寬憶起抗戰時期就讀中央大學建築系，他經常從嘉陵江的北涪乘坐六人拉縴的木船，在激流中逆流而上到柏溪上課的光景。而柏溪是當年學校爲了避免日本軍機轟炸，把一年級全部師生遷移到嘉陵江上游的一個小鎮。這些親身的經歷都化爲他創作時無法忘懷的「故國神遊」，那是歸鄉不得，海外遊子對家園的深深呼喚。

《西山滇池》（一九五三）、《黔邊印象》，是他在二次大戰時擔任印緬戰區中美聯合遠征軍少校翻譯，足跡踏遍中國川、滇、黔、桂等西南各省的回味。同時他也細細地咀嚼中國各地的風土民俗，像戲耍猴子的《猴戲》、野地放風箏的《郊遊》（一九五七），或除夕夜闔家團圓雪地裡放鞭炮吃年夜飯的《除夕》（一九五七），畫中的場景，一景一景地依狹長的立軸鋪陳而出，具體而微地顯現中國人的生命情調。

再如《朱顏》（一九五七），以拼貼的方式，先將日本金色花紙燒去若干處，再在中國宣紙上作畫，裱貼而成，詮釋李後主〈虞美人〉詞意，是陳其寬藉景寫情的寄寓山水。

五〇年代陳其寬除了去國懷鄉的山水畫外，也畫了一些契入當下時空的畫作，如觀看美式足球賽後的《足球賽》（一九五三），或美國海灘上弄潮男女作日光浴的《日光浴》（一九五七）等具有中國書法的書寫性作品。同時又有《聖馬可廣場》（一九五六）、《嚴島神社》（一九五七）、《威尼斯》（一九五七），滿版的構圖，交織的色彩，無論是白色展翅紛飛的鳥群或白色翻飛的波紋，陳其寬畫出他心中的意象。

畫面色光瀲豔，光影搖曳，這是傳統的中國畫嗎？原來新的技法、新的材料，可以使畫作煥然一新。他用蠟，在生宣紙背面，一次一次地塗染、彩繪，色調便一次次地產生深淺不一的變化，廣場齊飛的鴿子或水都、神社水波的蕩漾或朱紅色的船柱、建築的倒影，都如夢幻般的色彩，閃現出捉摸不定與變化萬端的光與色，有著西方印象派璀璨光鮮的亮麗色彩。

中國繪畫在面對西方外來文化的衝擊，民初許多由海外法國或日本歸國的畫家，自然而然產生許多革新的思想理念，其中高劍父、劉海粟、林風眠、徐悲鴻主張以中國繪畫爲本吸收西方藝術精華作國畫革新。可是在民初三十多年間，中國繪畫雖然遭遇到不少困難、衝擊及變化，都沒有機會把中西古今種種不相同的觀點與理論加以融會貫通，構成一個新的體系。⑬而陳其寬以一位建築師，對中國繪畫的革新並無多大企圖心，但無形之中他正走著國畫現代化的革新路線，不從法國，不從日本，而從美國。

往返台灣與美國

在美國已經住了九年的陳其寬，由於熱愛現代繪畫，常至紐約現代美術館觀賞作品，現代繪畫的革新精神早已成爲他至死不渝的創作理念。一九五七年的《縮地術》，陳其寬融入他平日玩相機的心得，以望遠鏡把遠方層層山脈攝入眼前，延伸視角界限，又用廣角鏡頭把更多的景觀納入畫面，他在畫面上伸縮自如，把浩瀚大地濃縮爲一個弧形的小天地，小中可以見大，大中可以見小。他運用現代科技，即他所說的「物眼」，敏感地呈現他對宇宙蒼穹的新意象。這是一幅既幽默又十分突破的作品，沒有傳統中國山水畫的皴法，而是混融墨色與蠟，產生斑駁的肌理質感，自成一格。身爲一位現代人，陳其寬已掌握了繪畫的現代性，也顯示他的水墨畫將超越傳統的窠臼，走出一條與眾不同的新路。

一九五七，這一年陳其寬與貝聿銘共同合作規畫的東海大學路思義教堂的模型與設計圖發表於《建築論壇》一九五七年三月號，為建築界所注目。也是這一年陳其寬初次離開美國抵達台灣東海大學，一下飛機他的命運便與台灣緊緊地繫在一起，這是他始料未及的事。

旅行可以拓展一個人的視角，許多建築師都行萬里路，不但欣賞各國的建築與風土民情，同時也可陶冶自己的心性。陳其寬酷愛旅行，在一九六〇年他擔任東海大學建築系主任之前，他來來去去美國與台灣之間，除了督建東海大學的校園工程外，便是作畫與旅行，他已先後到過歐洲、泰國、緬甸、日本等地。他到日本並不看畫展，反而是看攝影展及書道展或新建築展，他對日本印象最深的是日本的小玩偶，他發現日本人有工藝天才，發展出戰後的輕、薄、短、小的工藝品。不知這「輕、薄、短、小」是否引發他後來的繪畫走向小而細緻的美學品味？

註釋：

①吳煥加《論現代西方建築》，頁四九～五〇，田園城市，一九九八。

②Tom Walft 原著，祝仲華譯《從包浩斯到我們的房子——現代建築的來龍去脈》，頁一〇〇，尚林，一九八五。

③黃梅香《陳其寬的繪畫藝術之研究》，頁一六，中國文化大學碩士論文，一九九六。

④訪談陳其寬於其台北家中，二〇〇三年九月三十日。

⑤東京大學工學部建築科安藤忠雄研究室編《建築家的二〇年代》，頁一四一，田園城市，二〇〇三年九月。

⑥見吳煥加《二十世紀西方建築史》，頁九六，河南科學技術出版社，一九九八年十二月。及Felice Hodges等著，李玉龍、張建成譯《新設計史》，頁九六，六合，一九九五年九月。

⑦葉維廉〈物眼成千意，意眼入萬眞——與陳其寬談他畫中的攝景〉，《中國現代畫的生成——與當代藝術家的對話》，頁六〇，東大圖書，一九八七年十二月。

⑧訪談陳其寬於其台北家中，二〇〇三年七月七日。

⑨此文摘自一九五三年十二月波士頓《基督教科學箴言報》〈永恆的詩境〉，《陳其寬特集》，頁八八。

⑩唐德剛〈陳其寬畫學看記〉，《藝術家》一一一期，頁八四，一九八四年八月。

⑪同上註。

⑫訪談陳其寬於其台北家中，二〇〇三年六月二日。

⑬李鑄晉、萬青力《中國現代繪畫史》，頁一八六，石頭，二〇〇一年十月。

第五章　東海山居歲月

自從一九五九年與陳其寬共同負責東海大學校園建築工程的張肇康被貝聿銘調回美國後，東海的建築便成爲陳其寬一人擔綱。由於他認眞負責，實事求是的敬業態度，很得校長的信任，加上他又有美國麻省理工學院的教學經驗，建築系創系主任自然非他莫屬。

選擇台灣，創辦建築系

一九六〇年陳其寬返台定居，擔任東海大學建築系系主任，他在一年級講授「基本設計」課程，是台灣首創包浩斯式的設計課程，他引進包浩斯的教育理念，課程偏重結構的實驗，他要同學以紙做各種切割空間的造形試驗或做拉力、壓力的結構試驗，培養同學對空間的變化、結構和虛實等造形的認知與體會。

第一屆建築系畢業生游明國仍清楚地記得有一個設計題目是「張力與壓力」的造形，陳老師要同學用能受壓力的織針和能受張力的線去搭接組合成一個架構，結果十個同學做出各種不同的造形。每個造形都合乎張力與壓力的特性，從而表現出力學之美。又有另一個題目是做一個二十公分等邊的立方體，陳老師要同學們用紙板或其他材料，這邊減一塊，那邊補一塊；或左邊凸一塊，右邊凹一塊，做成一個富有空間變化的立方體。游明國回憶著：「當大一對建築空間的特性還沒有什麼概念時，做這樣一個基本設計，確實是初步入門，我們學起來也很有興趣，很好玩，無形中也增長了對空間的變化、結構和虛實等造形的體會與了解。」①

引進包浩斯第一人

第二屆畢業生陳永齡，記得陳其寬老師在課堂上曾出過一個題目，要同學們把一個立方體切三刀，同學當時尚不理解空間觀念，各人便依己意隨意切三刀。陳老師從十個同學的立方體中選出一個，一個切得非常簡單的三刀的立方體，告訴同學：「簡

陳其寬主持東海大學建築系時，帶領同學在戶外進行富勒的短桿圓球體設計的結構試作，理論與實務並行。（1962）

單就是美。」[2]陳其寬是台灣當時唯一與國際建築大師葛羅培斯接軌的人，包浩斯的設計理念也順理成章成爲早期東海大學建築系同學的設計思維。漢寶德說：「陳先生利用一年級的基本設計引進包浩斯的教學方法，這是在台灣，甚至全中國首次放棄了傳統的學院派教育觀，開新建築教育之先河。」[3]而這種基本設計著重在動手做以及空間感的訓練與培養，他們都覺得對一個學建築的人往後的影響是很大的。甚至東海大學後來的建築設計，強調做「模型」，形成一個傳統，比其他學校都出色。陳老師也帶同學在戶外進行富勒圓頂（Fuller Dome）結構試作，加強學生的設計專業養成。

一九六〇年陳其寬創辦東海大學建築系，與第一屆一年級同學合影於女生宿舍。

東海大學成立建築系時，建築系還沒有自己的家，他們都借用女生宿舍交誼廳作爲教室及繪圖室，師資也只有一位陳其寬教授和一位華昌宜助教，學生只有十一位，就開辦了東海建築系。陳主任除了教「基本設計」外，也教「徒手畫」，華昌宜教「投影幾何及陰影透視」。初當系主任陳其寬四十歲，尚未結婚，同學又少，師生關係非常密切，像一個大家長，帶領著全班同學，師生打成一片。游明國記得陳老師當時常提起萊特在威斯康辛州得利亞辛的學園，萊特的建築教育方法是師生生活在一起，甚至除修習專門的知識技術外，還要耕田種菜，生活自給。他說：「我們在東海只差沒有種菜而已。有點像師徒制的生活，而不是下了課，老師與學生即分開了。」白天同學們上課畫圖，晚上陳老師常邀請同學到他宿舍喝茶吃點心，並觀看國外旅遊所拍的幻燈片。陳永齡也說：「學生的學習不僅是課程本身，另外是學習老師做人處世與待人的態度。」當時東海大學規定所有師生都住校，大家日夜相處，他們感覺學校就像遠離塵世的修道院。④

當時六〇年代初，國家的經濟仍十分困頓，社會也普遍的貧窮，東海建築系就在這位「稀有」的留美建築師手上創辦起來。

建築系館也是創系的大家長陳其寬蓋起來的。創系之初的華昌宜回憶：「系上實用空間問題嚴重，終於陳先生從校方弄到一筆錢，但須從經濟的觀點來設法營造一個最大可能的『系館』。因爲時間緊迫，陳先生和我從書上找到一個國外用之多年，我們相信不必如東海教堂般需要結構師計算的雙曲拋物線傘，於是自配鋼筋做大膽試驗。另外原因是可用台灣最便宜的灰板條做模板，而營造廠吳老闆亦敢配合，所以完成了可能在當時全台灣單位造價最便宜的正式建物。施工圖是我畫的，記得只在一張圖紙上畫了平面、立面、剖面和大樣。一個暑假就建造完成。」⑤由陳其寬設計的這棟建築系館，由白牆包圍，沒有多餘的裝飾，屋頂由十三對連續起伏的倒傘型薄殼組成，是台灣首見的薄殼建築，在一九六一年十月完成。

與葛羅培斯的合照

第三屆校友詹耀文說：「當時建築系成立時，是美國現代主義最活躍的時候，陳先生的辦公室放了一張與葛羅培斯的合照，所以那一張照片對我們的影響是震撼的，現代主義大師還和陳先生站在一起，我們肅然起敬。」

詹耀文又說：「陳先生是在這樣的現代主義體制下受完教育，然後跟葛羅培斯一起工作，他帶回台灣來的是當時眞正世界的主流，對後來的影響非常的大……因爲他有這樣的一個背景，所以當時的年輕人如果要在台灣追尋一個好的、有顚覆性的老

廣告回信	
台灣北區郵政	
管理局登記證	
北台字第15949號	

235-62
台北縣中和市中正路800號13樓之3

印刻出版有限公司　收

讀者服務部

姓名：＿＿＿＿＿＿＿＿　性別：□男　□女

郵遞區號：＿＿＿＿＿＿

地址：＿＿＿＿＿＿＿＿＿＿＿＿＿＿＿＿

電話：（日）＿＿＿＿＿＿＿＿（夜）＿＿＿＿＿＿＿＿

傳真：＿＿＿＿＿＿＿＿

e-mail：＿＿＿＿＿＿＿＿＿＿＿＿＿＿＿＿

INK

INK PUBLISHING

讀者服務卡

您買的書是：________________________________

生日：________年________月________日

學歷：□國中　□高中　□大專　□研究所（含以上）

職業：□軍　□公　□教育　□商　□農

□服務業　□自由業　□學生　□家管

□製造業　□銷售員　□資訊業　□大衆傳播

□醫藥業　□交通業　□貿易業　□其他________________

購買的日期：________年________月________日

購書地點：□書店　□書展　□書報攤　□郵購　□直銷　□贈閱　□其他

您從那裡得知本書：□書店　□報紙　□雜誌　□網路　□親友介紹

□DM傳單　□廣播　□電視　□其他

您對本書的評價：（請填代號 1.非常滿意 2.滿意 3.普通 4.不滿意 5.非常不滿意）

內容______ 封面設計______ 版面設計______

讀完本書後您覺得：

1.□非常喜歡　2.□喜歡　3.□普通　4.□不喜歡　5.□非常不喜歡

您對於本書建議：

感謝您的惠顧，為了提供更好的服務，請填妥各欄資料，將讀者服務卡直接寄回或傳真本社，我們將隨時提供最新的出版、活動等相關訊息。

讀者服務專線：（02）2228-1626　讀者傳真專線：（02）2228-1598

師，一定會來東海，當時來的有華昌宜先生、胡宏述先生、漢寶德先生、李祖原先生。」⑥他們都是畢業自成功大學建築系的高材生。漢寶德說：「我們是奔著陳其寬先生而來的。陳先生在美已是有名氣的畫家，他在伊利諾大學讀建築，畢業後到麻省劍橋，爲四大師之首的葛羅培斯做事，並曾在麻省理工學院代過課，頗得葛氏賞識。這些經歷都是我們嚮往的。陳先生把葛式的教育方法帶到台灣來，是具有開創性的。」⑦

爲了苦心打造建築系成爲合乎時代潮流的科系，在當時台灣的建築師資非常缺乏的情況之下，陳其寬一方面邀請外國建築學者利用假期到東海授課；另一方面積極推薦系裡的講師及助教到國外深造。華昌宜與漢寶德到哈佛、胡宏述到卡內基、李祖原到普林斯頓，大都是陳其寬幫忙爭取與推薦的。⑧

此外，陳其寬也建立了建築設計評圖制度，他當年在美國葛羅培斯聯合建築師事務所擔任設計師時，就參與了哈佛大學建築研究所的所有評圖討論，深感獲益良多。所以創系之初，陳老師要求同學必須上台報告解說，並邀請校外的專家學者來評。他認爲做建築師要懂得推銷自己的觀念，把自己獨特的想法講出來，而評圖的專家也可以提出問題，大家互相辯論，把不同的觀點愈辯愈明，不僅同學可以互相學習，老師們也得到交流，評圖是學生一個很好的磨練機會。

在陳其寬主持東海大學建築系時，六〇年代初期他所設計的東海大學建築系系館，是台灣最早的薄殼雙曲面結構。（1961）

由於創系主任不但是建築師也是畫家，東海建築系對繪畫很重視，老師們都覺得訓練一個建築師，不是只會做設計，對畫也應該要有一些素養。所以系上一年級的課程有素描，二年級有水彩，三年級有油畫，四年級有抽象畫。陳其寬邀請抽象水墨畫家劉國松到系上演講，一九六三年也聘請抽象畫家莊喆到系上任教，這兩位「五月畫會」的健將，都與陳其寬交誼深厚。

東海大學建築系在六〇年代美援的協助下，由留美歸國學人陳其寬擘畫開展，引進最先進的包浩斯設計教育理念，又創建建築系館，建立評圖制度，邀請海外專家學者蒞校演講，並不忘加強學生的藝術涵養，使東海建築系比起當時的成大建築系毫不遜色，甚至更充滿活力。

在陳其寬系主任任內，不但完成建築系館，接著又完成藝術中心，更不可思議的是原初在美國由貝聿銘與他共同規畫合作的路思義教堂，在延宕了八年之後，終於在一九六二年十一月一日由陳其寬完成各項設計細則主持興建，他帶著結構師鳳後三及光源營造廠，用了整整一年的時光，在極經濟的新台幣四百萬元的造價下完工了，也成了陳其寬建築事業的里程碑。

一泉活水

漢寶德說：「回顧六〇年代的台灣，陳其寬在建築界是一泉活水，東海好像是這泉水的發源地。」因爲陳其寬把傳統文人的風格，詩情畫意的追求帶進建築世界的東海校園。陳其寬在二〇〇二年，四十多年後回憶東海大學的早期建築與他那群敬業負責的團隊，臉上泛出笑容地說：「那段時間，是我建築創作最快樂的日子，現在回想起來，原來我們大家當初所抱持的一些對人文的關懷、對工作的用心、對理想的憧憬……，早已在建築師們繪製藍圖、測量地形以及工匠們配置鋼筋、澆灌水泥、疊砌紅磚時，悄悄融入了那些無形的美善之形塑及有形的東海校園。」⑨

自從一九六〇年陳其寬主持東海建築系這段期間，他教書之餘就是到工地督建路思義教堂，同時也勤快地作畫，他每年個展不斷，包括紐約米舟畫廊、波士頓「設計研究」畫廊、哥倫比亞大學、密西根大學藝術館、紐約休曼畫廊的個展，引起海外藝術學者、藝評家熱烈的回響，藝術史學者艾瑞慈評爲最具有中國藝術家精神而又能表現時代的畫家；藝術史學者高居翰也認爲陳其寬是最認眞探求中國畫新方向的藝術家，具有無窮的創作力。

同時喜愛旅行的陳其寬不忘在一九六二年赴埃及及地中海希臘島嶼與印度旅行作

畫，並考察建築。他對希臘外海的米克羅斯島漁村，依山而自然起伏的建築與所散發出的原始民族風及鄉土味，印象深刻，尤其那曲折有致，在空間上、地形上變化無窮的街景，更令他嘆為觀止。那清一色的白牆建築在蔚藍的地中海晴空映照下，粉白而晶瑩，陳其寬直覺那就是一座座的近代雕刻。⑩

在他當系主任任內的作品，如《教堂》（一九六〇），在一大團潔白群鴿飛舞的點線交織中，隱約出現尖峰高聳的哥德式教堂，半抽象的畫面，散發著莊嚴而浪漫的氛圍。《今夕是何年》（一九六二），由室內窗簾下桌面上的一盞油燈，推衍出室外的漢家宮闕，及天上人間的山水仙境，明月高懸，只是不知今夕是何年。也許畫家的心裡正默默祈禱著「但願人長久，千里共嬋娟」。天上的圓與桌面上的圓，人間的樓閣與月中的山水，亦虛亦實的對比，透顯出陳其寬所暗示的虛實觀念：「人們通常只見『有形』而不見『無形』，只見『實』而不見『虛』。」

《燈》（一九六四），線條似斷又連，滿版朦朧，乍看只是點、線、面的集合，細看則是小舟、屋舍漸次浮現，在溫馨的黃棕色調中展現點點暈黃，畫境如詩。再如《龍門》（一九六三）或《仙源何處》，是來自一九五三年的《西山滇池》的延伸，簡明的畫面，長條狀的大山千仞高，矗立畫中，僅以極細微的小舟聯結其間，而山形無龍脈走向也無皴法變化，只有拓印的肌理紋路。簡單又豐富的意象，伴著大片的留白，引人遐思。

現代畫論戰

當五月、東方畫會掀起抽象繪畫狂潮後，許多新興的繪畫團體如雨後春筍紛紛冒出，一九六〇年的美術節，各畫會正欲聚集國立歷史博物館舉行第二次籌備會時，忽然發生正在館中展出秦松的作品《春燈》，被懷疑潛存著「共產主義的意識」，氣氛緊張，引起情治單位的介入調查。[11]剛剛要成立的「現代藝術中心」也就雲消霧散了。

氣焰高張的現代藝術莫名其妙地被潑了一盆冷水。無風不起浪，翌年一九六一年，香港《華僑日報》卻忽然刊出一篇〈現代藝術的歸趨〉，原來是東海大學教授徐復觀所寫，文中他大力抨擊現代藝術的未來只有爲共黨世界開路，引起抽象畫家的一陣恐慌，更引發一場始料未及相當激烈的「現代畫論戰」，緊接著十一月底「現代藝術座談會」在台北螢橋文協本會舉行，抽象與反抽象的正反雙方，出席對陣，正方座談人士有詩人、藝評理論家、畫家，如虞君質、余光中、張隆延、顧獻樑、席德進、秦松、彭萬墀、李錫奇，反方人士爲梁中銘、梁又銘、趙友培、劉獅、孫雲生及從事政戰工作爲主的畫家，由王藍擔任主席。現場擠滿了爲雙方叫陣的觀眾，論爭下來，從事現代繪畫創作的畫家遭到反方的質疑最多。戰火一波又一波，緊接著又開辦第二場，爲了平息觀眾認爲「畫現代畫的畫家，因畫不了寫實畫，才以抽象畫去嚇唬觀眾」，這一年十二月三十日，應觀眾要求，一場破天荒的「現代畫家具象畫展」在台北中山堂熱烈展開，這也是抽象畫與具象畫之爭的一段插曲。⑫

正當六〇年代風起雲湧的現代繪畫狂飆運動，台北藝壇好像被一顆威力十足的原子彈炸得煙硝味四起，陳其寬人雖然遠在台中的大度山上，也感受到藝壇濃濃的火藥味。旅居美國十二年的他，雖然學的是建築，對現代藝術甚至前衛藝術，比起國內的新銳畫家更具宏觀的視野。

陳其寬與徐復觀兩人同樣任教於東海大學，兩人也認識，不過陳其寬倒沒讀過徐復觀那篇嚴厲批判抽象繪畫的文章。陳其寬只是在美國看了許多抽象畫家的作品後，他說：「我最大的發現是他們變不出來了。」不過陳其寬並沒有像徐復觀那樣去點燃戰火，也不會血脈僨張地叫囂辱罵，他只是以理性的態度，希望大家靜下心來釐清抽象畫的來源，而不要意氣爭執。

肉眼、物眼、意眼

陳其寬認爲二十世紀是一個民主自由的世紀，也是科技發達的時代，而藝術的發展與世紀文明的飛躍密不可分。這篇發表在《作品》雜誌一九六二年三卷四期的〈肉眼、物眼、意眼與抽象畫〉，是陳其寬一生中難得書寫關於藝術方面的見解，也是一篇擲地有聲的文章。文中他肯定抽象畫是由於在這個科學世紀中，肉眼、物眼、意眼所見不同而產生，它是理性的，也是感性的，由於它正不斷地發展，所以不能蓋棺論定它是對或不對。陳其寬不但爲年輕的抽象畫家作出善意的回應，肯定抽象畫的價值，也把他創作的立論基礎，作了詳盡的論述。

他認爲二十世紀由於科技產物如X光、顯微鏡、望遠鏡的發明，透過這些物眼，人的空間視野比單用肉眼所見的世界寬闊神奇。而科技的快速發展，又促使人類產生前所未有的經驗，如搭飛機；由於眼界的經驗不同於以前，用新的感覺、新的視界通過現代人的意識作畫，便產生新的「意眼」。

他這篇文章是言他人所未言，在當時眾多的情緒性論爭篇章中，它是最溫和又具新見解、新觀點的文章，可以想見那應該不是藝術圈的人所寫。難怪當時的藝術理論家虞君質教授讀到這篇文章時眼睛爲之一亮，頻頻稱好，因爲它言之成理，構思縝密，而且眼界寬闊，應當不是泛泛之輩，只是他從未聽過「陳其寬」這個名字，更不知他是何許人也，幾經打探才知道原來是任教於東海大學工學院的一位歸國學人，更讓他不可置信。

陳其寬對這些玩新派繪畫的年輕畫家，心中感覺他們有可能變不出來，因爲他看到的美國抽象畫家，一旦他們定了模式之後就變不出來了，所以他不畫抽象畫就是看到了抽象畫的極限。不過他對他們仍充滿了好感，至少他們是爲中國畫的現代化而努力。所以他曾邀請劉國松到系上演講，也聘請莊喆到系上任教；而劉國松也到陳其寬家中觀賞過他的作品，陳其寬早在五〇年代便在繪畫上用蠟、用拓，不斷實驗的精神，及他主張不用皴法的山水畫法，或許直接、間接對當時正熱中追求藝術革新的年輕新銳有所觸發！

不畫抽象畫，但畫寫意畫的陳其寬，往往以建築的眼光作畫，六〇年代當時的吳德耀校長宅中就懸掛著一幅陳其寬描寫台中大盆地及在東海大學放風箏的《戲風圖》，特別是遠眺台中盆地，這幅畫可謂發揮戲弄比例尺來呈現規模的極致。這幅狹而長的卷軸，據當時任教於東海大學建築系的林建業教授描述：「由上至下幾乎百分之六十五以上都是由深到淺的藍色天空，然後才是重重疊疊狀似山海，峰濤起伏綿延的中央山脈，其中雲層出沒纏綣，再降至較低的山崗丘陵地帶，經潮氣瀰漫的霧靄到農地。竹林樹叢圍繞出來的村落、市集、朝宇、蜿蜒的溪流、道路、果菜園、學校至台中市三十年前的市景，直到近處的樹叢梢尖，其中各種販夫走卒的活動型態，車輛、家畜、牲口、飛鳥、學校的球賽、及觀眾，形形色色不一而足……。好像將這片廣大的天地及人群，以二十萬分之一的比例尺盡收於這四平方呎兩度象限的宣紙內。所有物象均小到祇需以最簡單而具特性的細筆點勒出之，充分表現出戲弄比例尺的非凡效果。」⑬理性的建築眼配上感性的細膩情思，陳其寬留下他東海山居歲月的濃郁深情在畫中。

一九六四年陳其寬辭去東海大學建築系主任，只當兼任教授，他在台北開設「陳其寬建築師事務所」。從他下山離開同學們所戲稱的「修道院」後，進入繁華世間，他的人生又將有什麼轉折呢？

註釋：

①游明國〈東海大學建築教育的發軔與轉變〉，《建築之心》，頁八六，田園城市，二〇〇三年十一月。

②〈我們的師長陳其寬〉，《東海建築人物思潮與作品（一）——東海建築系創系四十周

年專刊》，頁一七。

③漢寶德《築人間——漢寶德回憶錄》，頁八五，天下，二〇〇一年八月。另，本書書名「一泉活水」，亦引用漢先生對陳其寬的形容。

④同註①，頁八三～八四。

⑤華昌宜〈時空共相與東海建築系之緣〉，《東海之心》，頁二九，田園城市，二〇〇三年十一月。

⑥同註②，頁一六。

⑦同註③，頁八四。

⑧同註①，頁八七。

⑨陳其寬〈傳遞建築、歷史與生活之美〉，《東海校園建築步道》，頁六，貓頭鷹，二〇〇二年四月。

⑩陳其寬〈街景〉，《房屋市場》十六期，一九七四年十一月，頁六九。

⑪林惺嶽《台灣美術風雲四十年》，頁一〇四～一〇九，自立出版。

⑫蕭瓊瑞《五月與東方》，頁三四二～三四三。

⑬林建業〈陳其寬的畫——時代、文化、學識的結晶品〉，《建築師》，一九九一年十一月，頁七四。

第六章　雲煙過眼，藝術千秋

擅於建築設計的陳其寬，平日木訥、寡言，只知埋首於繪畫與建築教育，雖已屆中年，仍是單身。在東海山居歲月裡，他過得如修道院般的生活，沒想到一下山他竟能娶得年輕貌美的「美齒小姐」林芙美，自是經過一番「設計」而來。

招贅娶妻

這位林小姐是在民本電台播報「晚間新聞」，陳其寬認識她，是先從她的聲音開始，夜夜晚上十二時他仍不睡覺，就是期待著聽林小姐甜美清脆的聲音，至於新聞內容是什麼，他根本不在乎。每當新聞一播完陳其寬便鼓起勇氣，迫不及待地call in進去：「林小姐，您播得眞好！」她的聲音照拂了陳其寬的孤寂，陳其寬就守在收音機旁，夜夜等待著希望。

陳其寬只聞其聲，不見其人，難解相思苦，進而到電台拜訪她，本來電台規定上班時朋友不可以來訪，可是陳其寬天生擅「設計」，他居然帶了一大籃水果去分送電台的同事，裡裡外外都打點妥當，自然進出自如了。當電台的同事吃了好幾次陳其寬致送的水果後，許多同事都主動勸林芙美：「陳先生人很好，除了年紀大一點以外，有什麼地方不好？」

當時陳其寬已四十五歲，林芙美才二十五歲，年齡的懸殊，林芙美家人一直不同意他們交往。就在林芙美想放棄時，陳其寬打電話給她的同事，說他生病了。她們連忙去探望他，看到陳其寬孤家寡人，一人在台，無人照料，當場林芙美的同情心、憐憫心化爲愛心，她改變了初衷。一場病，讓他們的愛情加溫，陳其寬病癒後，便邀請她與同事到家裡作客。

「原來他邀請我們到他家去玩，又教大家打麻將，是爲了暗中觀察我！」陳師母林芙美像是戳破了一項計謀，爽朗地邊說邊笑。

「我看她輸了一點也不生氣，而且打麻將時，反應快速，人很靈活，又豪爽，我就更堅定追求的信心。」陳其寬慢條斯理地傾吐內心的祕密。「況且，我早就想過了，林小姐嘴大唇厚，鼻子豐美，又有雙眼皮，人又聰明伶俐；而我自己嘴薄、鼻塌、單眼皮，人又傻又笨，正可互補。」

「他到我家，我媽媽連水都不倒給他喝。」林芙美談起那段往事，歷歷如繪。「可是，媽媽愈反對，我反應愈激烈，雖然當時也有許多人追求我，後來我便不聽媽媽的話了。」

爲人父母總是爲女兒的幸福著想，眼看著無法挽回女兒的心，對於結婚這件大事林芙美的母親竟提出三個苛刻的條件。第一，不可以帶她出國，第二，必須招贅，第三，生第一個兒子必須姓女方的姓。

女方父母祭出「招贅」的招數，希望他知難而退。哪知，陳其寬爲了贏得佳人，便一口答應。其實出生北京的他，壓根兒也不曉得台灣人的「招贅」是什麼習俗？他只是一心想與她結婚，其他都不在乎了。等到兩人結了婚，陳其寬才發現原來是要住進她家，陳其寬天眞地想：「住她家、住我家不都一樣，把他們全家接來住不就解決了嗎？」

接著，他有了第一個男孩，依習俗須過繼給女方姓他們的姓，陳其寬推託說等生第二個再過繼也不遲，這次又讓他得逞。最後要他改姓，他便一再地拖延。女方父母看這位女婿風度翩翩，女兒也很幸福，只好不再堅持了。台灣傳統的招贅習俗，便被一個不知招贅爲何物的「外省人」破解了，從小就被父親喚爲「傻子」的陳其寬，眞是傻人有傻福。陳其寬眞不愧是「設計」高手。

陳其寬的確沒看走眼，這位陳師母在陳其寬晚年因建築事務所用人不當，危機重重時，爲免七十餘歲的陳其寬受到打擊無法作畫，她竟挺身而出，一九九五年由美國飛來台灣全權處理事務所的建築與財務危機。

由於問題重重，壓力過大，陳師母在挽救了事務所的危機後，自己也陷入了危機，當她搭機回美國，就在飛機上她忽然呼吸困難，幸好機上坐了一團美國足球隊，隨隊護士緊急把氧氣筒罩上，又做急救，並把她安排到頭等艙，隨侍左右照料，總算化險爲夷。

不過回美國後，陳師母心情抑鬱，卻因此而精神崩潰，當生命在脆裂邊緣，她語重心長地告訴女兒她要自殺，囑咐

陳其寬與林芙美於一九六六年的結婚照。

女兒好好照顧爸爸。母女情深，當女兒淚流滿面地哭喊著「媽媽，你死了，我也不想活了」，正失去時空座標的她，整個人忽然清醒了，她清楚地告訴自己：「我不能死，這個家還需要我。」在醫生、好友、家人、牧師的全力支持與鼓勵下，陳師母經過半年的調養，逐漸度過生命的幽暗期。

回顧一九六六年陳其寬一幅《如膠似漆》，一雙猴子親密地緊緊相擁，難分難捨，陳其寬婚後的甜蜜生活，自不待言。一九六六年陳其寬有好幾幅作品，畫面不斷出現成群的鳥獸，溫馨感人，如《山水之間》細而長的立軸中，茂密的林木間猴兒聚集，鹿群棲息，恍如仙境。另一幅《桃源》（一九六六），小而長的橫幅中，山峰綿延，成群結隊的鶴、鹿與猴，戲耍無間，一片自在祥和，充分顯露陳其寬平和、愉悅的心境。一九六七年的《吾子》，大猴子雙腳交叉盤坐，雙手環抱小猴子，四十六歲初為人父的陳其寬，掩不住內心的喜悅，深情滿溢紙上。

天旋地轉

結婚帶來新氣象，陳其寬的繪畫正在銳變中。誤筆可以成畫，有功夫的畫家，能把壞畫救活，並因而開啟另一片繪畫的新天地。《迴旋》（一九六七）就是在畫錯了一筆的情況下，而使山勢一路歪斜、轉彎。陳其寬想在靜態的畫面上，捕捉「動態」的感覺。陳其寬說：「中國畫是行萬里後，在畫室冥想中畫出來的，我的畫是在嘗試打破習慣性中『平視』的範圍，進而有『俯視』、『仰視』、『轉視』。轉視的形成是由於我第一次坐飛機所得的經驗，發現山水若轉著看，會產生不同的情況。」①他曾向畫家席德進說明：「這是表示坐飛機時，飛機轉彎盤旋，地形在移動的一種感覺。」那正是二次世界大戰時，陳其寬擔任印緬戰區中美聯合遠征軍少校翻譯官，他搭乘的那架軍機，降落時突然偏九十度下降，落地前又急速大轉彎，窗外的茶田忽然一一豎立，又排排旋轉，看得他怵目驚心的經驗。

二十多年後這個映入他眼底，留在他心裡的意象，忽而鮮明地迴盪在他的腦海，他索性把畫筆當飛機，把紙當天空，在紙上開起飛機，飛度一峰又一峰，一水又一水，千山萬水在他筆下，迴旋舞動，這就是他繪畫的轉捩點作品《天旋地轉》（《迴旋》，一九六七）。

這是多角度旋轉又高空俯視的山水，是二十世紀中國人全新視野的山水，它的誕生竟是誤筆、誤墨，一誤再誤，卻悟出天高地旋，宇宙浩瀚，人空無又渺小的哲理。

從此陳其寬的畫總是在夢裡迴旋，像進入一個超現實的夢境，不是歪歪倒倒，就是傾傾斜斜或正正反反。透過搭飛機的速度體驗及各種鏡頭的「物眼」經驗，他畫出內心感通的作品，那不是尋常的「肉眼」可見，而是心中的「意眼」所感的意境。

他以意眼所形構的作品，有的是幾何形體的組合。例如《暗流》（一九六六），是無數圓形墨點的交疊組合，它的造形像荷葉，又像是在電子顯微鏡下所顯現的岩石碎片，而葉隙間正有成群結隊的小魚游蕩其間。陳其寬以「滴色法」，將筆飽含濃厚的墨，用滴或灑或點在吸水的宣紙上，便自然而然暈染出大小不一，多重交疊的墨點。而《蝦舟》（一九六七）是無數大大小小方塊形山石的重重疊疊，蝦舟點點穿梭其間。大小的對比，虛實的變化，在畫中一一具現。陳其寬用「塗蠟法」，在筆端沾蠟亂筆塗抹後又以墨色及綠色渲染，形成斑駁不堪的紋理，留下蒼莽古樸的印痕。這些由幾何形體組合出的畫作，在形式上可說是中國繪畫形式的一個突破。

一九六七年陳其寬當選中華民國十大傑出建築師，一九六九年應舊金山重建局聘請，赴美設計舊金山中國文化貿易中心陸橋，並在重建局舉行個展，展覽結束旋即赴歐洲旅行。

陳其寬在藝術上技法與理念的革新，與他在建築上主張「用新的方式，創造出新的建築形式，適應新的時代要求，以臻更理想的境界」理念一致。例如透過相機的「物眼」，他以鏡頭仰視直拍的經驗，便畫出把四座山峰向畫幅中心聚集的新式山水，傳統山水所說的高遠、平遠、深遠的繪畫理念全被打破，這就是他所謂的合乎新時代的要求。

中國繪畫在題材上，幾乎無人把人見人厭的蚊子當主題，而陳其寬就是巧思妙得，那幅《渴》（一九六七），在架構上是半圓、三角形的交疊，纖細而寫實的蚊子，目不轉睛地極力吸取西瓜汁液，點活了「渴」的主題。《蜉蝣半日》，誤入蜘蛛網的蚊子，懸浮在密密麻麻的織網上，在橙紅半日的輝映下，一隻小蜘蛛正垂直地浮游在半日裡，蠕蠕不動，靜觀其變。陳其寬獨具的慧眼，總是出其不意地抓住令人意想不到的題材，卻又呈現得十分幽默。《秀色可餐》（一九七九）這回蚊子是叮在大腿上，三根弧線，兩根直線，一個點，一隻蚊子，簡潔的線條，言簡意賅，十足是少而美的包浩斯理念在中國水墨畫的呈現，設計性十分濃厚，也令人看了不禁莞爾。

七〇年代陳其寬在香港藝術中心、加拿大維多利亞畫廊、夏威夷白氏畫廊、紐約布魯克杯「第六階層」畫廊個展及加拿大巡迴個展，諸多的個展只印證了一項事實，比起建築陳其寬顯然更熱中於繪畫。這期間他赴沙烏地阿拉伯擔任老皇大學建築顧問，也赴約旦從事建築工程。在建築上的主要作品包括林口新城規畫（合作建築師漢寶德、李祖原、王體復、華昌宜，一九七〇）、泰國曼谷亞洲理工學院區域實驗研究中心（一九七五）、中央警官大學（一九七八）、彰化銀行（合作建築師沈祖海，一九七九）。

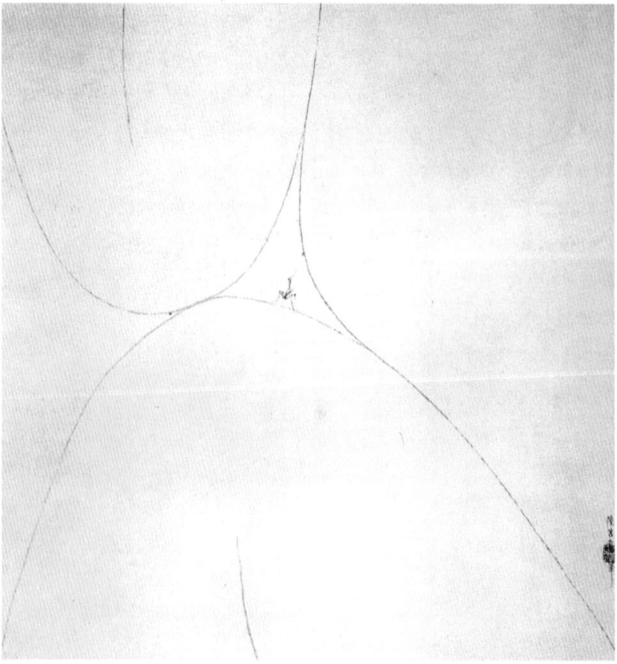

右上：
《渴》　1967　水墨　30×22公分

右下：
《秀色可餐》　1979　水墨　36×35公分

左：
《迴旋》　1967　水墨　197.5×22.7公分

國內第一次個展

陳其寬自從一九六四年離開東海大學系主任職務後，一九八〇年又被校方聘請爲工學院院長。有一次新生訓練時，六十歲的陳院長上台致辭，只說了三點，他諄諄告誡同學：「第一，你們不要和別人同居。第二，女同學一定要早一點結婚。第三，你們一定不要中了共產主義的誘惑。」②而現今陳其寬仍覺得這三句話是眞的，尤其他仍深深地認爲女人最大的事業是結婚。當時已經結婚十五年，育有一男一女的陳院長，希望女同學要把婚姻當成一樁工程事業，好好經營，眞是出自他的肺腑之言。

如今已結婚四十年的陳師母林芙美直言：「結婚之後，我才知道嫁給藝術家是怎麼一回事，原來他的腦子好像剖成兩半，一半在專業上非常靈活；一半在生活上則是什麼都不會。」陳師母有時不免嘟著嘴抱怨陳其寬都是以畫養公司，如此辛苦經營事務所，何不專心創作就好，可是陳其寬卻仍持續維持事務所的營運，甚至也不希望陳師母了解公司的營運狀況。陳師母聰明伶俐，的確是賢妻良母，所以他直覺女人就是好好經營一個家即可。陳其寬在繪畫上屢屢突破傳統，可是在婚姻觀念上仍是十分傳統。

一九八〇，這一年一月二十六日至二月四日陳其寬的畫作第一次在國內展出，這是陳其寬在國內定居二十年來的首次個展，地點在國立歷史博物館。陳其寬的畫名遠在國外，他在國外已開了二十一次個展後，才姍姍來遲在國內開第一次個展，因此很少國人認識他，而他不是擅交際應酬的人，加上他從來只把繪畫當成業餘之作，他一點也不積極辦展。

雖不積極辦展，可是他對繪事卻從未懈怠，同樣具有豐富創作經驗的畫家席德進，好奇地問他做建築師與做畫家有何不同，他有感而發地說：「做建築師，是做一個社會人，我們與現實接觸，同人與人之間發生密切的關係；畫畫比較單純得多，屬於個人的。」③的確，繪畫是十分主觀且個人，他也告訴席德進當初所以促使他拿起畫筆的因素便是「為別人做事時，自己有一些想法又不能實現，由於這種壓力，迫使我關起門來，在自我的繪畫天地中馳騁，發洩。」④沒想到他關起門來作畫，反而馳騁出一片中國繪畫的新天地。雖說總是閒餘之作，陳其寬對繪畫的見解倒是不馬虎，他認為：「學建築的人著重創造，但環境的因素必須考慮，我們主張求新，跟隨歐美現代建築的潮流，但是只有繪畫，我們不能跟著歐美走。我們傳統國畫中的筆、墨，絕不能拋棄。」⑤陳其寬的聰明，就在於他的許多畫作，看來有水彩畫的色彩與構圖，但卻又融入了巧思與新技法、新觀點，用的工具也是道地的國畫筆、墨，因而別出心裁。

少則得，小而美

這次展覽水墨畫家、藝評家何懷碩在〈聯合副刊〉以〈納須彌於芥子〉一文推介陳其寬的藝術，他把陳其寬的藝術歸納爲五大特點「簡、諧、小、長、奇」，他認爲在取材、構思、構圖、選型、筆法、線條等等，陳其寬都有他自成體系的觀念與手法。他不是一個浪漫主義的畫家，他是有一雙能察秋毫之末的眼睛，又能以理智的思慮，設計出許多表達他對世界、人生種種奇想的畫家。又推崇他是在現代畫壇獨闢蹊徑，開拓了閒適清奇、諧趣天眞之路。⑥看他那幅《少則得》（一九七九），長十四公分，寬十七公分，極小的畫幅中，兩隻金魚一大、一小，卻分屬兩缸水，僅能隔著玻璃缸相見不相觸，畫中似有話，欲言又止。《大劫難逃》（一九七三），尖嘴的大鳥正彎著頭虎視眈眈地上的蚱蜢，大寫意的鳥與精筆的蚱蜢，大小的對比上，反襯出危機逼近的張力。《童心》（一九七九），六隻猴子，肢體各異，有的趴著，有的坐著，有的斜躺，中間那隻大猴抱著小猴，全家親密地擁抱在一起。對角線的構圖，濃墨、淡彩的變化，生動、凝練的肢體線條，他以點、線、面爲組合，以赤子之心關懷生命，把猴子擬人化，使他的猴畫成了招牌畫。《凍港》（一九七七），中景一片雪白的山形映襯出綠意，前景一片冰天雪地，冰上舟船點點，港邊人家全籠罩在冰雪中，他用礬

《童心》　1979　水墨　30.5×29公分

水先隨意塗抹出白雪，再從畫背面多次渲染不同層次的綠色，白綠相間，極富詩情畫意。在大寫意的一片山水中，藏有極纖細的點景，這正是陳其寬最擅長的巧思。

這一年（一九八〇）年尾十一月席德進飽受胰臟癌之苦，拖著膽瓶在「春之藝廊」策畫「現代國畫試探展」，邀請包括他自己在內的陳其寬、吳學讓、趙二呆、李祖原、羅青等九位不斷探索、試驗的水墨畫家參展。在席德進爲試探展所寫的〈近百年來國畫的改革者〉一文中，他介紹陳其寬是「以中國的畫眼去看，以中國文化的意境去悟。加以現代科學物眼——照像的廣角、魚眼、X光透視等的運用，使他的現代中國文人畫，更具時代的意義，更富獨創性。」⑦

在一九七一年席德進就曾寫過一篇〈中國畫新傳統的開拓者〉介紹陳其寬，而他更是早在一九六二年赴美國考察藝術教育時就在米舟畫廊見識到陳其寬那極狹長的立軸式長卷而印象深刻。而陳其寬很欣賞席德進爲他畫的那張側面畫像（一九七一），「他把我『擰』的個性都畫出來了！我與席德進早在一九六〇年我來台灣時就認識了。」「你現在才知道你『擰』啊！」陳師母在一旁取笑他。陳其寬依稀記得那個「現代國畫試探展」很多人去看。「我展出一張才一寸的畫，畫面是盆子上面有花，我用一個小印章代表桌子。我展了『小而美』的畫。」⑧陳其寬的畫眞是小而美，正如其人。

畫裡乾坤

自從一九八〇年陳其寬在歷史博物館成功的第一次個展後，他的畫又邁入另一個新的階段，陳其寬走出他藝術創作中的新生命。那是他對宇宙陰陽生生不息的哲理，產生高度的探索興致。他借用易經陰陽、八卦等主題，把抽象的哲思化爲具體的圖象，描寫一個想像中超驗世界的綺麗輝煌，他的畫變成一種形上意義的超越體驗，先前的豬、猴、貓、魚等趣味主題已逐漸沉寂下來，現在他叩問的是宇宙天體的無盡循環，而人在宇宙的大化裡，也隨它一起生生。

陳其寬說：「我後來在老子的話裡，有了驚奇的發現。兩千多年前，還沒有什麼幫助我們視覺的工具，老子居然說出了如下的話，雖然他當時只能憑想像。他說：『大日逝，逝日遠，遠日返。』就是說大到後來就看不見，遠到後來就回來。他當時可能已經想像到地球不是平的，可能是圓的，他並且可能意想到時間和空間的連帶關係。從我們現代的立場來看，可能還牽涉到不少天文理論，比如有人說宇宙膨脹再收縮，收縮再膨脹，那種周期性的情形，不管怎樣，我覺得老子的那幾句話很奇特，我有一張畫便是這句話而來。」⑨

陳其寬的那張畫便是《返》（一九八四），上有月亮，下有太陽，宇宙日夜輪轉，

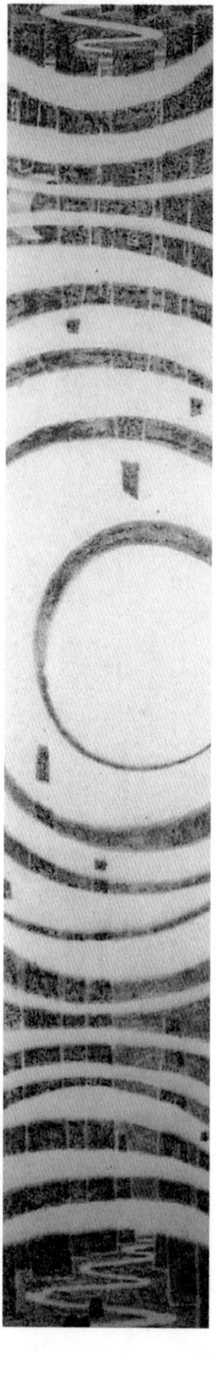

右：
《泰》　1986　水墨　188×30公分

左：
《巽》　1986　水墨　187×30公分

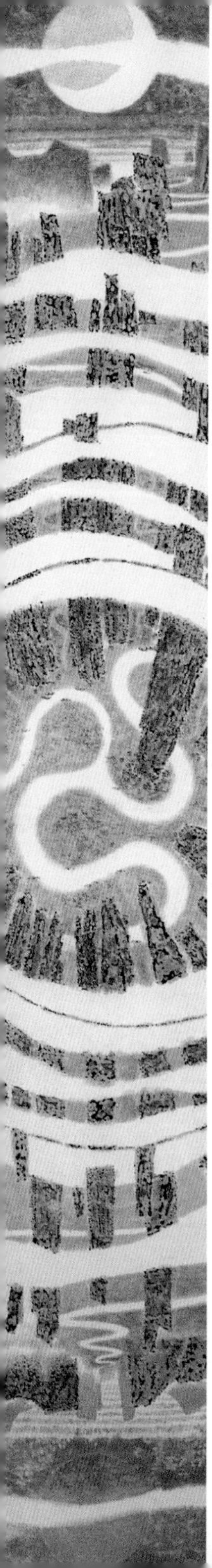

《赶集》　1994　水墨　186×32公分

雲層如環，繞行崇山峻嶺，高空鳥瞰，地面趕集人潮如螞蟻般密集，河道蜿蜒，舟楫點點，大地生生不已。由此印證老子所說的「大曰逝，逝曰遠，遠曰返」。陳其寬以他所謂的「轉視」將山水轉著看。他說：「轉的角度更多，最後是一張山水畫中，正、反方向同時存在，晝夜也同時存在。」⑩

老子《道德經》第四十二章說：「道生一，一生二，二生三，三生萬物；萬物負陰而抱陽，冲氣以為和。」畫中S形河道似乎象徵著「氣生陰陽」。而《易經》上說：「無極生太極，太極生兩儀」，當太極初動，兩儀肇分，突破了寧靜混沌的局面，最後一陰一陽又回歸太極。陳其寬創作《返》的前一年所作的《始》（一九八二），便是描寫宇宙混沌之初，天地是造化的開端，陡直的山峰形成山谷，谷中長河無限彎曲，橙黃的太陽映照大地。陳其寬試圖以畫詮釋《道德經》。就是那幅《方壺》（一九八三）也是陳其寬對老子學說的註腳，在虛靈的宇宙天地中，日在上，月在下，綿延的群山如太極環抱而輪轉，籠罩在一片煙雲縹緲的暈團中，像是一個神仙世界。再如《飛》（一九八三）或《始》（一九八二），也都是陳其寬由易經而體會道在無極，而演變成太極、太初、太始，發現無窮無盡的新創作方向，而一再體驗的新山水圖象。

老子的哲理引發陳其寬繼續鑽研宇宙陰陽之道。一九八五年他所創作的《陰陽》（一九八五）像一張剖面圖，陳其寬以移動視點，營造出似幻如眞的空間情境。那是來自西南地區雲南滇池板築土牆屋舍的意象，他仔細描繪入口的水上人家，再進入院牆、瓜棚、廊道，太湖石、瓶門一一映現，穿入廳堂，走入曲折的花園庭院，芭蕉三、兩棵，沿著綠草坪上的石階踏去，過了小橋，轉入室內，便可登堂入室，忽而驚見一位裸身的女子，躺臥在輕掩的羅帳紗縵中，閨房內葫蘆斜掛，白貓瞇眼入睡，澡盆、梳妝台與桌上西瓜，靜靜佇立。再走出房外，魚網、魚乾滿布庭院，穿院而出，大樹下小舟倚岸，旭日正東昇。這幅畫從天地山川看到明月高掛再到雲霞日彩，讓人遨遊在瀚浩無窮的宇宙天地裡。陳其寬所欲呈現的正是「一陰一陽謂之道」、「四時行焉，百物生焉」的宇宙哲理。

宇宙萬物，周而復始的運行規律與陰陽有著密不可分的關係。畫完《陰陽》（一九八五）之後，翌年陳其寬接著又畫出一系列肴卦圖象，如《巽》（一九八六）、《泰》（一九八六）等畫，是他從《易經》的巽卦及泰卦中汲取創作的活水，巽卦意指「兩風相隨」，畫面呈現S形風雲旋轉姿態；而泰卦則指「天地交而萬物生」，畫面出現天地山峰，對置交會，陳其寬進一步把《易經》的哲思易理，所謂「太極生兩儀，兩儀生四象，四象生八卦」，透過陰陽的迴轉在畫面生衍圖象。

《陰陽》　1983　水墨　30×540公分

喜愛天象的陳其寬，早年考大學時便想選擇航空系，後來雖讀建築系，潛藏於內心對日月星辰、宇宙奧祕的探索卻與日俱增。《顚》（一九八六）、《候鳥》（一九八六）、《遙》（一九八八），以至於九〇年代的《趕集》（一九九四）、《黃河之水天上來》（一九九五）、《地球村》（一九九八），視點已不是平視角度，而是高空俯視，由畫面中心輻射而出，隨之雲旋水轉，日月恆行，不但視野宏大，空間遠闊，設色典雅，畫境高曠，在慘澹經營的意境中，也流露出他對經緯縱橫天地之間，萬物生滅賡續的哲思。

陳其寬不斷以意眼結合俯視經驗及搭飛機的速度體驗，又融入老子、《易經》等宇宙哲理，發展出上下日月並置，中間有S形江河穿梭大地，或風、雲環繞的旋轉式山水，構圖對稱又相反相成的排列，眞是超感官經驗的繪畫。畫中旋天轉地，無論是九十度或一百八十度的旋轉，在在都傳達了中國人對天、對地、對宇宙天地間陰陽互動，萬物化育，生生不息的大自然法則。

這階段的繪畫，由宇宙混沌初開到升仙的太虛幻境或陰陽並生的八卦太極，陳其寬眞是遁入了《易經》的天地中，體悟宇宙是一大氣，天地盡在大氣中，而以圖象去究天地之理了。他像是以千里眼的視覺穿透力，加上無限的想像力，凌虛御風，穿山越水，在他所創造的曲轉長河，流動的雲氣，旋轉的山川中自在行旅，這是他由太空鳥瞰地球的宇宙之旅，也是生命由感而悟的進境。

陳其寬一方面玩太空行旅圖，凌虛蹈空；一方面又眷戀人間，回到地面。建築專業的陳其寬常常把空間變化的感覺融滲入畫，因爲建築設計師就是對三度空間具有高度的構想能力，所以擅於建築設計的陳其寬，更擅於園林造景。園林就是將居住環境象徵化，影射爲一個小的宇宙。漢寶德說：「秦漢的建築如明堂、辟雍，在坐落的方向上，在建築的格局上，不但象徵了宇宙，而且反映了時、空的秩序，是西方文明中所沒有。」[11]酷愛窮究宇宙奧妙的陳其寬，便把小宇宙搬到畫上了。

內外交融

陳其寬細細膩膩地營造空間，從一堵院牆望穿江水，明月如鉤，江帆點點，青山隱在蒼茫的白雲間。院牆、樓閣、簷廊、亭榭、曲橋、綠草、紅樹，組成一幅詩情畫意，可遊、可居、可遠觀的中國山水庭園《湖》（一九九二）。鳥瞰俯視角度與平視角度的交錯運用，對稱的布局，日月的循環，使曲折的庭園景致，充滿生機與浪漫情趣。

《內外交融》（一九九三），由內到外的空間轉換，是畫家的巧手布置與品味展現。是由中央客廳炫目華麗的地毯鋪陳出一串上下幾乎對稱的景致，由廳堂的太師椅、鳥籠、瓶花而庭院的月門、拱橋，而海邊而日月，景隨空間層層推移，自然勝景與人工景致，內外交融。細緻婉約的畫面所含藏的幽雅情韻，似乎可以感受陳其寬年輕時在軍中擔任少校翻譯官時反串女生的佳人風采與細膩情思。

再如《通視》（一九九二）或《反面世界》（一九九二），在空間布局上，他常用花窗，製造景深，巧借外景，使空間迂迴曲折無法一眼望穿，也流露出一位建築師對空間的敏感度及內在心靈的景深。

建築學者陳從周認爲中國園林，除山石樹木外，建築物的巧妙安排，十分重要，如花間隱樹、水邊安亭，還可利用長廊雲牆、曲橋漏窗等，構成各種畫面，使空間更加擴大，層次分明。遊過中國園林的人會感到庭園雖小，卻曲折有致。這就是景物組合成不同的空間感，有開朗、有收斂、有幽深、有明暢。遊園觀景，如看中國畫的長卷一樣，次第接於眼簾，觀之不盡。⑫

陳其寬的《山門》（一九七八）、《深遠》，就是以小觀大，在空間上層層推遠，景景相連令人覽之不盡。《山門》是陳其寬從《水滸傳》小說中汲取靈感，視角由近而遠，穿越幾道月門到岸邊。透過美麗的門牆漏窗、庭園石階、紅花綠樹的造景，又巧借大自然的山、水、天、日，讓空間由院牆內到院牆外，眞是門外有門，天外有天。由滿園春色到江山萬里，全然流露陳其寬的建築空間觀。

《深遠》更是把童年美麗又熟悉的北京大宅院的家居情趣，藉著魚缸、盆景、瓶花、鳥籠、布幔，一景一景地在圓光罩裡，推移而出，遙接天際落日，達到人文秩序與自然秩序的和諧、寧靜。《瓶》（一九八五）空間由外而內，依序爲花瓶門、梅花窗、月門、六角門，洞中有洞，景中有景，陳其寬不啻是玩空間設計的藝術家，有別

《紫氣東來》　1992　水墨　60×62公分

於許多藝術系出身的畫家作品。陳其寬說：「建築系的訓練和藝術系不同，較注重設計及各種比例之配合，再者，建築系的訓練十分著重於理念、觀念的思考方式，講究獨特的創意。」又說：「所以受過建築訓練的人須時時創新，產生新的想法。基本上與純繪畫的訓練方式是不同的。設計課程是不斷思索改進的過程。這對我的繪畫實有很大的幫助。不斷地尋求突破、嘗試新的可能性。」⑬由於養成教育的不同，促使陳其寬的繪畫蘊含強烈的設計性與思考性。陳其寬說：「我創作時先構思、設計，先畫小草圖，再放大到畫上。」⑭他的畫極爲難產，每每是經過一番縝密的構思之後才仔細下筆，一旦完成又是語不驚人，死不休，令人刮目相看，因爲是那麼別出心裁，又獨創性十足。

像那幅《陰陽》，他以游的心境，構築曲曲折折的宅門深院，空間動線連綿一貫，他著實把建築的設計性與他胸中的丘壑及濃郁的故國鄉愁，融入畫中。

詞中畫境

陳其寬的畫除了設計性之外，也蘊含著文學性。他總是摻入文學的想像，鋪陳出柔情萬千的意境。酷愛李後主詞意的陳其寬，往往在畫中營造出劇場般的場景。如

《慾》（一九八六），紗縵垂簾輕掩，梳妝台上一面立鏡映照出裸身臥睡女子曼妙睡姿與縐摺如山的花被，圓浴盆、毛巾架、六角桌、罐，凌亂散置。一隻瞇眼的白貓，烘托出慵懶的氛圍，而一隻籠中鳥獨醒。窗外，江山如畫，夕陽正西下，歸舟泊岸。綺思幻想的場景，令人想起南唐李後主的詞〈浪淘沙〉：「簾外雨潺潺，春意闌珊，羅衾不耐五更寒，夢裡不知身是客，一晌貪歡。獨自莫憑欄，無限江山，別時容易見時難。流水落花春去也，天上人間。」或另一首〈菩薩蠻〉：「人生愁恨何能免，消魂獨我情無限。故國夢重歸，覺來雙淚垂。高樓誰與上，長記秋晴望。往事已成空，還如一夢中。」為了凸顯畫中的幽玄氛圍，陳其寬以明礬加膠，在畫紙背面塗刷，由於它與水性的墨及色的互相排斥，產生特殊斑斕的效果。

家在北京，隻身飄泊海外的陳其寬，畫中的詞境，多少流露出他思故國、憶家鄉的縷縷情思。陳其寬果眞爲自己編造了奇幻的場景，滑進溫柔鄉，或醉或睡洗去一身的感傷，消解浩瀚無邊的愁緒。也許這一路漫漫的人生，不能割不能捨的，只有收在自己心裡，再化爲詞中畫境，穿過日月晨昏，越過千山萬水，在心靈的角落，尋到永恆的歸宿。

陳其寬既不是詞人，也不是李後主，不過他當能體會後主由綺羅的樂園走到荒蕪的異國，不能忘卻舊時宮闕，縈懷故國的沉沉愁思與無限落寞。《朱顏》（一九五七）

畫中一片紅色貼紙的門牆，露出幾處燒毀過的殘破山河，創作的撕、貼技法正應和著李後主的〈虞美人〉：「春花秋月何時了？往事知多少？小樓昨夜又東風，故國不堪回首月明中。雕闌玉砌應猶在，只是朱顏改。問君能有幾多愁？恰似一江春水向東流。」故國殘破，不堪回首的詞意在畫作中點點吐露而出。

猶記得陳其寬一九八〇年代在工學院新生訓練典禮上，對新生所說的一句話嗎？「你們不要中了共產主義的誘惑。」他們一家在六〇年代文化大革命時，母親早已去世，姊姊是留美氣象學博士，竟被指控爲間諜，受盡折磨。父親被鬥、被批、被下放勞改，國仇家恨何時了？

兩岸相隔，也許只能在夢中寄語故國，化爲畫作，將血淚蘊寓其中。擅於陰柔、婉約美學品味的陳其寬，內斂、細緻、風雅、幽淡的情韻如宋詞小令。再如《夕夢客別》（一九六五），點點柳絮如煙，層層月門望盡天涯路，夕陽依依揮淚別友人，更添離愁千萬絲，令人惆悵的憧憬，只在夢中求。這番淒美的畫境，只有李後主的詞〈長相思〉：「一重山，兩重山，山遠天高煙水寒；相思楓葉丹。」可堪比擬，可堪入畫。

另外蘇軾〈水調歌頭〉：「明月幾時有，把酒問青天，不知天上宮闕，今夕是何年。我欲乘風歸去，又恐瓊樓玉宇，高處不勝寒，起舞弄清影，何似在人間。」詞中

《今夕是何年》　1961　水墨　122×24公分

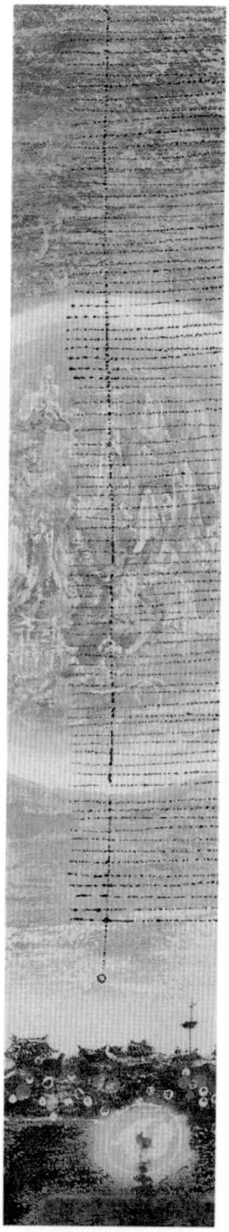

的意境，也在陳其寬《今夕是何年》畫中出現。天上的瓊樓玉宇與人間的重重殿宇，遙相呼應。⑮

此外，小說也被陳其寬視覺化，《仙》（一九八七）畫中月如鉤清輝映照著紅燭，美人酣睡，香豔淒冷，神祕玄幽的情境，只因狐仙是美女，《聊齋》的故事插曲，成爲他創作的泉源。

建築與藝術孰重？

一九八〇年陳其寬在歷史博物館展覽後，又陸續參加了許多繪畫聯展，如歷史博物館與巴黎賽紐斯奇美術館在巴黎展出的「中國傳統畫」聯展；倫敦莫氏畫廊「近代中國畫」聯展、台北市立美術館「中華海外藝術家」聯展、香港藝術節「二十世紀中國藝術討論會」聯展。一九八四年陳其寬個展在檀香山藝術學院美術館舉行，一九八六年「傘」出版社主辦「陳其寬回顧展」，於香港藝術中心展出作品一百幅。一九九一年瑞士蘇黎世瑞德伯美術館個展、台北市立美術館舉辦「陳其寬七十回顧展」，一九九六年柏林東亞美術館個展、一九九八年中央大學藝文展示中心「陳其寬個展」、一九九九年牛津大學Ashmolean美術館個展、二〇〇〇年北京中國美術館及上海美術館先後舉辦「陳其寬八十回顧展」。二〇〇三年台北市立美術館「雲煙過眼——陳其寬的繪畫與建築」展。愈到晚年，陳其寬的畫藝愈爲世人所珍視，他的名聲愈廣爲傳揚，還當選台灣首屆傑出建築師（一九九六），二〇〇四年甚至獲得第八屆美術類國家文藝獎。

當陳其寬的繪畫個展不斷，也正是他的藝術愈臻顚峰而建築事業愈漸歇息的時候。他始終認爲學建築很有趣，做建築則未必，因爲建築是眾人的事，要有好的業主，好的基地，好的預算，好的決策，好的營造技術，不像繪畫只是一個人的事而已。

陳其寬只覺得在他一生的建築事業中，他與貝聿銘合作東海大學校園規畫那時期的工作，極爲愉快，也只有那時期的作品他較爲滿意，因爲受限小，可以實現理想。他坦然地說：「我對在台北執業時的作品，並不太滿意。東海大學時期的作品較爲滿意，除教堂外，尙有藝術中心、校長住宅等。早期東海大學的土地位於都市計畫區外，不需申請建造，沒有約束，而且學校當局又完全授權，建築師發揮的空間很大。東海大學規畫的作業過程，從一九五四年開始，共八年的時間，貝先生本身另有其他的事務，我則是投注全部的心力。台北執業時，設計必須遷就許多外在的因素，加以多爲政府的工程，限制更多，經費大多偏低，多以低價決標，建築師難以提升品

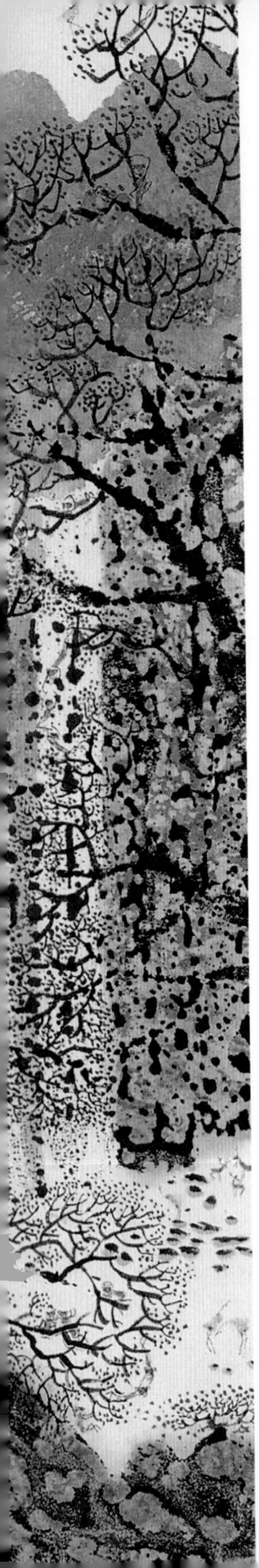

右：
《自然與科技》 1990 水墨 187×30公分

左：
《和平共存》 1989 水墨 31×62.5公分
未來世界的希望就是和平共存。

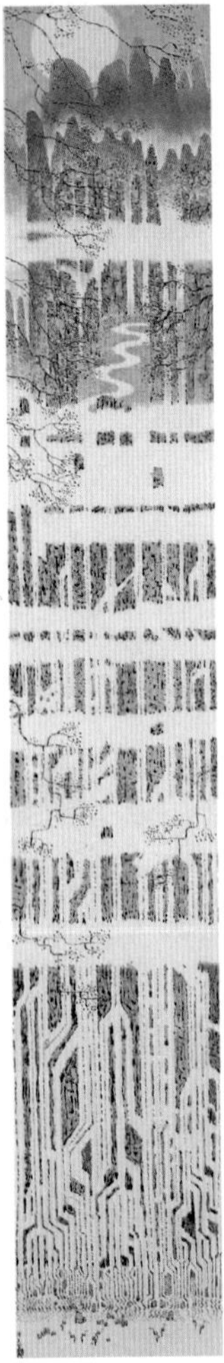

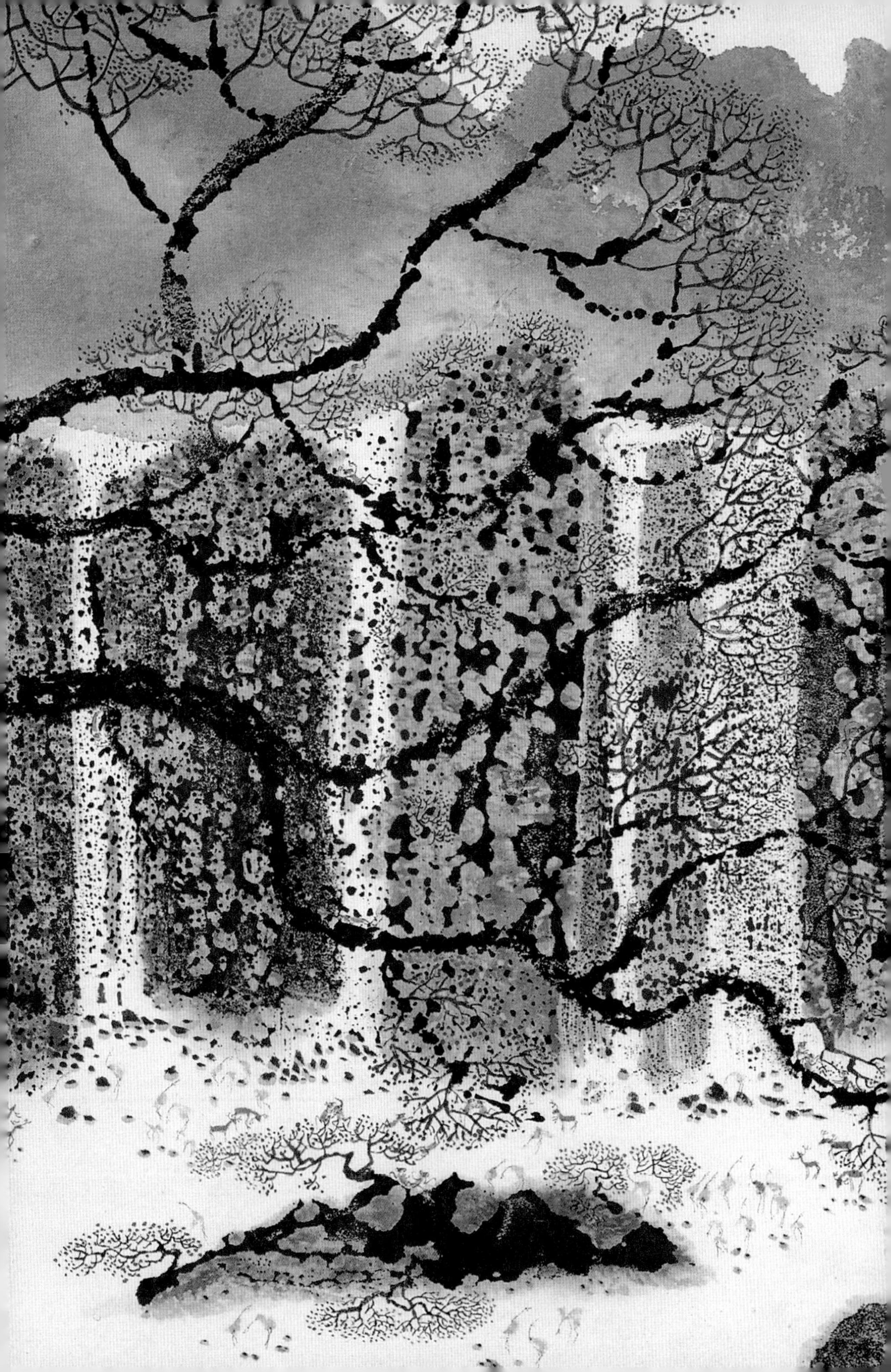

質。」⑯

正因如此建築師想要堅持自己的理念，實在無法如願，也讓陳其寬看淡台灣的建築環境，再加上他的事務所也發生危機，這危機來自別人對他別有所圖的用心，只是他未能及時察覺，以至於發生財務危機，使他的建築事業受到極大的挫折。人生的得與失，世間的禍與福，往往相生相隨。在建築事業遭受打擊的陳其寬，反而更了然地看淡了一切，更加放手在寬廣的藝術天地裡自由翱翔。

陳其寬是一位永遠不會老去的孩童，總是以他的慧眼童心關懷生命，他的畫充滿了幽默趣味，雖沒有恢奇雄強的氣勢，卻流露細膩的哲思。畫作《覓》（一九九〇），由一缸化爲五缸，缸缸交錯，如幻如眞，缸中魚兒究竟身在此缸或他缸，日月輪轉，牠們仍在尋尋覓覓，極富設計性的作品，亦莊亦諧，既逗趣又引人思索。

《天、地、人》（一九九〇），澄明清澈的善美和諧境界，只有經歷過戰爭與災難的磨難後，才能沉澱出純粹、淨美的境界，像在詮釋《易經》融合天、地、人的哲理。《自然與科技》（一九九〇），群山聳峙，橫雲流布，瀑布傾洩而下，倏然化爲井然有序的積體電路板，自然與科技正銜接無礙，和平共處，陳其寬以他的赤子之心，架構出完美的烏托邦世界。不過陳其寬說：「我的畫有時也隱藏著含蓄的批判，例如《和平共存》（一九八九），藉著和平共存的動物來提醒人類間不同集團的鬥爭性遠不如動物的平和，中國歷史是幾千年的血腥砍殺史，西方也是，由殺戮演至民主是人類理性發展下很大的進步。我也曾畫了一張《長安盛世》（一九九〇），則是將《麗人行》的貴族題材轉換成長安『平民行』的放風箏的景象。」⑰

雲煙過眼

二〇〇三年十一月八日台北市立美術館爲陳其寬舉辦「雲煙過眼——陳其寬的繪畫與建築」展，開幕致詞時他老人家感動得落淚，馬里蘭大學校長還親自獻上該校最高榮譽的「海龜」徽章，表彰他的藝術與建築成就。陳其寬終於破涕爲笑向大家致意，他說：「我年紀大了，就不能控制自己的情緒，笑就笑個不停，哭也哭個不停。」語畢更引發全場賓客哄堂大笑，接著從海外回國的兒子、女兒陸續獻花，全家團圓場面十分溫馨感人。

這次展覽作品涵蓋陳其寬最早的水彩畫，由四〇年代至今的一百二十幅作品，同時更展出他六〇年代的建築代表作路思義教堂、校長宿舍、藝術中心、女白宮的模型、施工圖與照片，作品十分完整。尤其那幅《秀色可餐》（一九七九），最引人遐思，以三根簡潔的曲線勾勒出豐腴美麗的女體，那情韻十足的曲線，不正是路思義教堂那婉約動人有機形體的構成嗎？漢寶德說：「我覺得路思義教堂上使用的簡單的立體幾何的曲線，與女體上流暢的曲線在精神上是一致的。」⑱

陳其寬認爲建築和繪畫都是空間的問題，也都是虛實的對應。從陳其寬的畫可以了解他的建築，從他的建築也可以了解他的繪畫，這場陳其寬八十三歲的回顧展，建築與繪畫交互生輝，見證了他不僅僅是傑出優秀的建築師，也是百分之百的畫家。他不因市場品味而畫，他只是放寬心懷去畫而已。他說：「創作像是在做實驗，是對是錯無所謂，很像是在革自己的命。」又說：「愛因斯坦〈相對論〉剛發表時不能被接受，很可能是因爲大家看不懂，曲高和寡。但科學1加1等於2，容易證明，藝術有許多層次之分和民族差異，我相信更需要時間來肯定出高層次的藝術表現。」⑲陳其寬就是在科技與藝術之間，在建築與美術之間，在理性與感性之間互融互滲的一位藝術家。

國家文藝獎

自從一九六〇年由美國來台定居，陳其寬四十五年來一直默默耕耘藝術的苗圃。當第八屆國家文藝獎擴大獎勵範圍，納入建築與電影兩項類別，陳其寬雖具建築師、

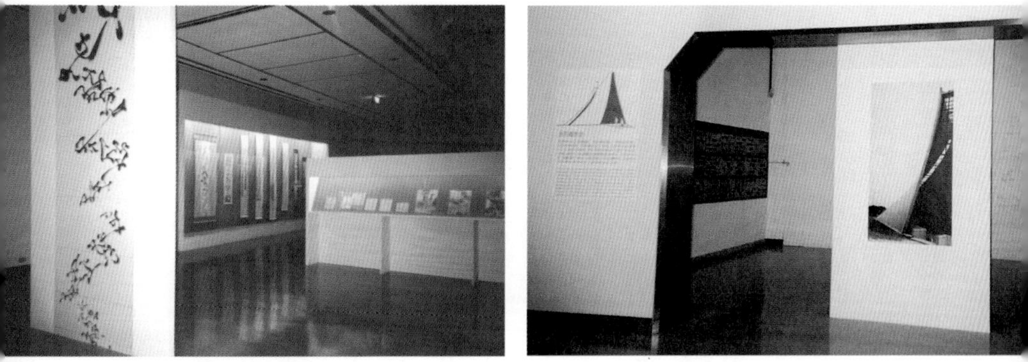

上：「雲煙過眼——陳其寬的繪畫與建築」展場。
下：「雲煙過眼——陳其寬的繪畫與建築」展開幕典禮，陳其寬與夫人上台致詞。

（攝影／鄭惠美／2003）

畫家身分，卻是獲得美術類提名。他獲獎的理由有三點：

一、具備建築師的美學視野，融合抽象觀念，使用水墨素材，創造出一種新繪畫藝術，用以表現某種幻境的、建築的、超時空的、輕靈的、純粹的想像世界，作品深具創造力和自由特質。

二、融合了追憶和虛擬，加上強調此時此刻的「新」之探索，作品演變呈放射的、並置的和多次元的擴張狀態，在藝術創作上深具獨特性。

三、畫作具有裝飾性色彩、建築的線條和迷幻的空間，啓發了我們對周遭環境一種新看法，風格深具啓示性與累積性成果。⑳

從評審委員的得獎理由中，可知陳其寬在水墨畫上的革新，的確已超越古人，開啓了水墨畫可資探討的新方向。當國家文藝獎的桂冠落在他身上時，但他仍只是以平常心看待這項至高的榮譽。陳其寬說：「我上個月獲得中央大學頒贈榮譽文學博士學位，曾經說那是『不能承受的重』，現在說得獎的心情『普通』，其實我很開心就是，只不過我已經是變成一種心，就是『平常心』。」㉑

二〇〇四年九月三日頒獎典禮那天，陳其寬由夫人陪同上台領取他終身的至高獎項，這回他沒有哭，而是興奮地拿出口袋中的小抄說到：「我這一生歷經抗戰及第二次世界大戰，在我讀中央大學建築系快要畢業時便被政府徵調去擔任印緬戰區中美聯合遠征軍少校翻譯，歷經無數的劫難，如今還能平平安安苟活於世，我要特別感謝：第一位是葛羅培斯先生……第二位要感謝的是貝聿銘先生……第三位我要特別感謝內子，她總是善解人意，聰敏靈巧。在我的建築事務所最困難時她適時替我化解危機，讓我無後顧之憂，可以繼續專心創作。如今我在台灣近半世紀如果有任何成就的話，完全要感謝她辛苦付出，我今天得到這個難得的最高榮譽，我願意獻給她，沒有她就沒有今日的我，這完全是我的肺腑之言。」在掌聲雷動中，八十四歲的陳其寬喜孜孜地牽著夫人林芙美，兩人小步緩緩步下紅色地毯。行過艱辛，行過榮耀，這一條藝術創作的迤邐大道，陳其寬雖然只是個業餘畫家，但他不只對幫助、提攜他的貴人感恩，更對愛妻感激，此刻兩人「焦不離孟，孟不離焦」，過去縱然有太多的不如意甚至動過離婚的念頭，都在瞬間化爲愛與關懷。

繪畫猶如消遣

陳其寬在建築上接受現代主義的思潮，又結合自身中國文化的傳統，所呈現的建築是理性與感性的交糅，東方與西方的遇合。他的創作精神也體現在畫作上，他打破中國傳統繪畫的皴法，開拓新技法、新空間，表現新內容、新美感，一如他在建築上

右上：陳其寬伉儷。
左上：陳其寬與他所珍藏的路思義教堂工作日誌圖。
下：創作中的陳其寬。

（攝影／鄭惠美／2003）

的突破。在技法上，他用蠟、用磬、用墨拓、用水拓、用拼貼、用轉印、用滴色、用點描，發展多元技法，取代傳統技法；在空間營造上，他把建築的平面圖、立面圖、剖面圖皆入畫，用仰視、俯視，甚至轉視的視角入畫，強調科技時代人類的各種新經驗；在內容上，有簡筆幽默，也有哲思易理的卦象作品，也有詩情畫意的鄉愁山水；在尺幅上有狹而長，也有小而短，極簡單又極豐富。

常常把藝術當做實驗，在創作的觀念上不固守傳統，在水墨畫上推陳出新的陳其寬，他的創作態度竟然只是消遣，他說：「過去四十年我自己一直是抱著中國人傳統的想法，繪畫猶如消遣，能像現在一般，朋友彼此欣賞交換意見，我便認爲很好，心情也可放鬆，所謂定、靜、安、慮而能得，否則可能便畫不下去。」[22]正因爲如此放鬆心情而無負擔，他反而開創出自己的天地，既沒有學院的包袱，也沒臨摹傳統，也沒有台灣的抽象水墨味，更沒有鄉土寫實風，他只是以遊戲的心境，以他對紅塵俗世一景一物，別具慧心地透觀戲墨人間。

美術史學者林保堯說陳其寬是「創造東方語意圖式新生再製的現代開創者」。不過他卻又極惋惜地認爲：「他一生對東方繪畫的特有成就，尤其在創作形式風格與意境表現內涵上，實不遜於五百年來一大家的張大千。但是卻是極度寂寞的。」[23]雖是寂寞，但他並不孤獨，他在自己的彩墨天地裡，玩得如魚得水，自在優游。

他唯一關心的只是「如何融合東方西方的思想，以開創未來有益於全人類的文化走向，是全世界人類的共同責任。繪畫藝術是走在時代的最前端，因此也承受了最大的挑戰。」㉔不僅在繪畫上他常以遊戲之心，實驗之作，挑戰自己，在建築上亦復如是。回首過往，挑戰並不足畏，如何迎向挑戰，才是關鍵。東海建築系教授羅時瑋提筆讚道：「陳先生與同一時代的現代主義建築師，還普遍地有著前進與前衛的執著，總是抱持著往未知探索的勇氣。主張創意與求新，已內化成為一種人格特質。」又說：「在求新前進的努力中，將傳統以新的精神境界出之，並連上現代主義的抽象審美觀，進而與世界對話，成為這一代人的獨特風格。」㉕

正是由於這股探索的勇氣，半世紀以來，陳其寬雖無心於繪畫改革，只把繪畫當消遣，卻已為二十世紀的中國繪畫開展了全新的視野，為水墨現代化留下變革的軌跡，他的繪畫與他所設計的路思義教堂一樣，充滿了巧思與靈性。如果「雲煙過眼——陳其寬的繪畫與建築」展，是八十三歲的陳其寬向這個世界交出的總成績單，那麼無疑地，他已為我們留下了彌足珍貴又豐厚的文化資產。

從一個出身北京天子腳下的子民，從小被父親毒打，其貌不揚的「禿小兒」，到成為涵容建築與藝術於一身，締造了台灣不朽的建築傳奇與繪畫上自成一家的謙謙君子，當年五歲初執畫筆的「禿小兒」，應不曾料到八十年後他會走到生命的榮耀與顛峰。如今仍是纖細瘦小，髮稀頭也禿，仍像個禿小兒滿溢著純眞赤子心的陳其寬，已化身爲藝術的巨人。

註釋：

①趙家琪採訪、林忖姜整理〈建築．繪畫——訪學貫中西陳其寬建築師〉，《建築師》一九九一年十一月，頁七八。

②〈我們的師長陳其寬先生〉，《東海建築人物思潮與作品（一）——東海建築系創系四十周年專刊》，頁一七。

③席德進〈中國畫新傳統的開拓者〉，《陳其寬畫集》，頁二五，藝術圖書，一九八一年十一月。

④同註③。

⑤同註③。

⑥何懷碩〈納須彌於芥子〉，《陳其寬畫册》，頁一九～二一，藝術圖書，一九八一年十一月。

⑦席德進〈近百年來國畫的改革者〉，《藝術家》一九八〇年十一月，頁五七。

⑧訪談陳其寬於其台北家中，二〇〇三年五月二十九日。
⑨葉維廉〈物眼成千意，意眼入萬眞——與陳其寬談他畫中的攝景〉，《中國現代畫的生成——與當代藝術家的對話》，頁六三，東大圖書，一九八七年十二月。
⑩同註①，頁七八～七九。
⑪漢寶德《物象與心境——中國的園林》，頁九，幼獅，一九九〇年六月。
⑫陳從周《中國名園》，頁八，台灣商務，一九九〇年二月。
⑬同註①，頁七六～八〇。
⑭訪談陳其寬於其台北家中，二〇〇三年六月二日。
⑮陳英德〈彩墨畫的新境界——陳其寬七十回顧展觀後〉，《雄獅美術》二五四期，一九九二年四月，頁八七。
⑯同註⑬，頁七七。
⑰王曼萍整理，陳其寬vs.陳朝寶，藝術貴族。
⑱漢寶德〈空靈的美感——陳其寬的建築與繪畫〉，《聯合報》，二〇〇四年十一月十三日。
⑲同註⑰。
⑳見《第八屆國家文藝獎》，頁五二，國家文化藝術基金會，二〇〇四年九月。

㉑《民生報》，二〇〇四年七月六日。

㉒同註⑰。

㉓林保堯《百年台灣美術圖象》，頁一八八，藝術家，二〇〇一年十月。

㉔同註⑰。

㉕羅時瑋〈東海校園早期白牆建築的構造詩意〉，《建築之心——陳其寬與東海建築》，頁一六四。

附錄一 肉眼、物眼、意眼與抽象畫

陳其寬

前些時，報紙雜誌上看到不少關於討論抽象畫的文章，拜讀之餘，我以爲如果大家靜下心把抽象畫的來源研究一下，也許可以找出一些依據，而不必再有何爭持。願就陋見所及，用簡單通俗的說法，討論一下。至於抽象畫指的是什麼？也不擬在此作咬文嚼字的工夫給下定義，假定讀者對抽象畫的範圍已有所知，想可心照不宣。

談到繪畫，我們不得不聯想到「眼」，因爲繪畫是與「視覺」有關的藝術，正如音樂是聽覺的藝術與耳有關，吃飯是味覺的藝術與舌有關相似。另外一點就是：我們不能忘了我們現在是生活在二十世紀中，是一個科學的世紀。我們的「眼」所看到的事物範圍已經不再是以前的眼——「肉眼」所看到的範圍了。除了肉眼所能看到的事物起了變化以外，另外科學上發現的工具把我們視界的範圍已經擴展到無窮，換句話說，我們有了「物眼」。更進一步，由於科學上的發現、工業化的成就、社會的驟變、生活的繁雜，使我們感官上、心靈上也起了變化與反應。因之，「意眼」的看法也不同了。總括說一句，科學在目前的世紀中占有最重要的影響地位，它影響到視覺，因之也就影響到畫。

現在讓我們先看「物眼」的影響。古人常說畫家要行萬里路，多見多聞，至於行路所見，仍是限於肉眼所見的範圍。近代人有了科學工具，他可以不出門便知天下事，他可以在實驗室內發現新天地，旅行另一個世界。由於X光、顯微鏡、望遠鏡、照相機的發明，把我們的眼力擴張了，把我們的視域在空間上、時間上、形態上、色彩上、質感上，都引到了一個新的無限境域。這裡面有另外一個「美」的世界是我們以前沒有看見過的。有很多藝術家在有意無意中受到這種新境域的影響，而又有意（理性）無意（感情）地把它表現出來，因此，新的繪畫產生了。例如在X光的照相中，我們能看透人體，這種照片有一種透明感、深度感，裡面的影像有互相重疊的現象，這種現象是以前肉眼看不到的，而在今天可以借X光照相看到了。在目前的許多現代畫中，我們就可以發現有很多表現法是這種現象的影響，而在古畫中是不常見到的。又如在顯微鏡中我們看到了放大百倍、千倍的東西，千變萬化的形態、顏色、質地①，都是肉眼在通常情形下所不能看到的。筆者曾看到一位雕刻家做過一些雕刻，就是花蕊部分的放大②；另外一位專以做動態雕刻知名的雕刻家柯爾達③做了一件非常類似昆蟲頭部觸角經過放大數十倍以後的形態，這些顯微鏡下所見的事物，千變萬化，實非想像所能及。當我們看到這些雕刻家的作品時，的確有一種發現新世界的愉快與欣喜。另一位畫家葛斯頓④，我發現他的畫簡直就是顯微鏡下的各種結晶斑紋的複製，像這些畫都不是我們日常生活所能看到的景象，因之也就不能以日常生活肉眼所見的情況去領略。再如喜歡照相的人一定有過經驗知道用望遠鏡頭所照的相與通常的照相不同⑤，在這種照相中我們可以發現頗有與中國畫表現類似之處，就是把遠近事物都縮小在咫尺範圍之內，眞有咫尺千里之感。在那天文望遠鏡中所攝得的照相中，那更是咫尺億萬里，而感覺上的確也有無窮的深度存在；這種深度的、空間的現象，也正是目前畫家所亟欲表現的對象之一。由上述可見，「物眼」對我們的眼與畫有多麼深的影響。

再說肉眼所能見的事物，在這個世紀中也因爲科學的發明、機械的進步，引起了急遽的變化，進入嶄新的境界。比較直接的例子，像由飛機上所見的事物雖然與登高山相似，主要的衹是速度不同了。快速的交通工具給予我們視覺、感覺上的變化，令我們對速度、時間、動的形態、相對關係，這些問題起了極大興趣。如何把動的現象表現出來？如何由相對的觀點去看事物？也就成爲目前藝術家亟欲表現的對象之一。

近代抽象畫中的各種變形，多半是這種爲了達成表現「動」的形態的後果，畢卡索的人像便是眾人皆知的例子。照相機與感光紙的發明，使我們對速度、動態，有了進一步的認識。快速度照相把不成形的快動作凝固成肉眼可見的形態，而延時照相又把動的形態記錄爲一連續的現象，因之產生了新的形態。受了這種影響，有些畫家便想用連續動作來表現動，如法國畫家杜象所做之《下樓梯》⑥。有的畫家把動作連成線條狀，如美國畫家托貝⑦的畫恰巧與我國的書法相類似，因爲我國的書法就是筆的連續動作所產生的一種形態。有很多西洋畫家遂突然發現中國書法之奧妙而群起模仿，更進一步發展成一新形式。又譬如由於電視、電影的發明，啓示了我們當一系列的「單獨印象」與「時間」配合時，可得到一個總的、動的印象。這種「有時間性的畫」也給予畫家極多的啓示與對事物新的看法，因而產生新的畫。再譬如電燈的發明使我們肉眼在夜間感到光彩進入新的境界。當我們由摩天樓的窗中看到一個近代都市的夜景時，其光怪陸離的現象，實在不是中古世紀的人所能想像得到的。有些畫家便亟欲用一些新的辦法來表現這五顏六色的「光」的世界，於是新的畫自然產生。

至於由於工業的發展，繪畫材料與繪畫工具也有了新的可能與改變，這些因素都使畫家在表現上有了新的可能性與新的境界。

由於肉眼、物眼所見，在這個世紀中起了變化，因之心理上、精神上也起了共鳴，新的想法產生了，新的看法產生了，姑且名之爲「意眼」。這種由意眼所產生的畫派也是罄竹難書。一方面是畫家根據物眼所見，更進一步地發展下去而形成一種畫，可能是連物眼都看不到的幻想之國，是一種意志的表現。例如荷蘭畫家蒙德利安[8]他極度準確的、機械的畫，確實反映了近代科學、工業之準確比例。另一方面有些畫家受了這世紀環境變化的刺激而產生意亂神迷不安的情緒，像美國畫家波洛克[9]的畫十足表現了美國人生活的動亂情緒，畫家已不能再安心來仔細地畫「工筆」，而必須用潑、灑、淋漓，大筆一揮近於瘋狂狀態去作畫了。再一方面，工業革命後所形成的商業社會的競爭，爲了刺激購買心理而趨向於標新立異，一切商品化、商標化，以達宣傳之效。於是一些畫家便專以怪誕爲能事，例如西班牙畫家達利[10]的畫，以「怪」爲「意」便已形成了一種新畫派與新畫法。工業發展之另一結果是一部分人的生活日趨安閒，因此產生了所謂「週末畫家」，他們是以畫自娛而不是以畫爲生的人；這點頗似我國以前士大夫作畫的態度，他們作畫是無目的的、無約束的、無任務的，如果他們是在一個民主自由的國度裡，他們眞可說是無憂無慮，不必害怕有人來干涉他非走什麼路線不可，也更不必怕批評。

總之，抽象畫是由於在這個科學的世紀中，肉眼、物眼、意眼的所見不同而產生。它是有理性的，也是有感情的。目前由於它仍在繼續不斷地發展，所以我們不能蓋棺論定它是對與不對，筆者以爲它的確是與這個世紀有不可分的關係，所以它是有價值的。

問題是如果有一些畫家，他們生活的所見所聞仍是在十八世紀中，而突然也畫起抽象畫來、潑起墨來，這就會令人感到此畫是否眞的代表他們的感情與理性，抑或只是臨摹，這問題是値得想一想。不過我們也不能說他們不能畫，如果他們是眞的了解，眞的有一種意志要那樣畫的話；因爲他們有他們的自由，而祇有在自由的氣氛下，藝術才眞的能發揚光大。

（原載一九六二年《作品》雜誌三卷四期）

註釋：

①Texture，質地。爲視覺要素之一。

②Jacques Lipchitz，美國雕刻家。

③Alexander Calder，美國雕刻家。

④Philip Gueston，加拿大畫家。

⑤照相術所給予近代畫家的反作用，也可說是副作用：是放棄文藝復興以來西洋畫所習慣用的一點透視（不動的）。但是照相術的其他方面的可能與發現給予近代畫之影響實有過於此反作用。

⑥Marcel Duchamp, Nude descending the stairway.

⑦Mark Tobey，美國畫家。

⑧Piet Mondrian，荷蘭畫家。

⑨Jackson Pollock，美國畫家。

⑩Salvador Dali，西班牙畫家。

附錄二

包浩斯精神在台灣

——陳其寬的建築與繪畫

鄭惠美

一、前言

如果一位建築師，他又是畫家，他可以在台北市立美術館展出嗎？陳其寬第一次在北美館的七十回顧展，竟是因爲一九九〇年八月二十七日北美館的一次「中國·現代·美術」國際學術研討會上，藝術史學者郭繼生發表〈傳統的變革——陳其寬的藝術〉論文後，與會人士對陳其寬是不是畫家，議論紛紛，一派贊成，一派反對，反對者質疑他是建築師，不是畫家。①最後講評人美國堪薩斯大學藝術史教授李鑄晉說：

「關於陳其寬，我們發現其中有一個特別的現象——做爲一個畫家，他在國外的名聲似乎大於國內；在台灣，一般人多認爲他是一位建築師，知道他是畫家的人反而不多。其實五十年代，在紐約一年一度的展覽中，他即已享有盛名了。陳先生在台灣居住三十年，這期間卻沒有一個較完整有系統介紹他的個展（這也許和他個人較沉默的個性有關）。此時介紹他，是一個很恰當的時機。……我覺得可以就此爲他個人辦個回顧展，做個較完整的介紹。」②

翌年九月二十八日，「陳其寬七十回顧展」終於在北美館呈現，開幕典禮，賓客雲集，陳其寬上台致詞時有感而發地說了一句話：「幸好，我未進入美術學院！」這位跨領域的建築師畫家，他所以是建築師也是畫家，正是得自他早年所受到的包浩斯教育的薰陶，因爲包浩斯（Bauhaus）一九一九年在德國威瑪設校時，〈包浩斯宣言〉的第一句話是：「視覺藝術的最終創作目標就是完整的建築物。」最後一句話則是：「讓我們共同創立新的未來大廈，它將融建築、雕塑和繪畫於一體，有朝一日它將從百萬工人手中躍起，猶如新信仰晶瑩的象徵伸向天國。」③所以包浩斯學校的教育理念是在訓練一位不分建築、雕刻和繪畫，鎔鑄一體的全能的建築師。

回顧陳其寬的一生，早年（一九四八～一九四九）伊利諾大學建築研究所的養成教育，又親炙現代主義建築大師也是包浩斯學校創辦人葛羅培斯，並在其聯合建築師事務所（TAC）工作三年（一九五一～一九五三），同時又任教於麻省理工學院，之後又與葛羅培斯的得意學生貝聿銘共同合作規畫設計東海大學及路思義教堂（一九五四～一九六三）。這些串起來的留學生涯與工作經驗的點點滴滴，不啻在他體內匯成一股包浩斯的潛流，與他自身的母體文化互融互滲，匯爲創作的源頭活水，使他展現出一位全能建築師的風采，無論是做爲建築師或畫家，角色相容無礙，交併生輝。以下試就陳其寬如何把包浩斯的精神體現在建築設計與繪畫創作上，一一闡述。

二、葛羅培斯與包浩斯

包浩斯如今被認爲是整個現代主義運動的主要象徵，也是現代設計運動的重要派別。包浩斯學校由德國建築師華特．葛羅培斯（Walter Gropius, 1883-1969）一九一九年在威瑪創立，當時是以培養全能的建築師爲目的，當初它的課程精神就是把雕塑、繪畫、實用美術和手工藝的各種方法，結合爲一個整體作爲建築的基礎。

在葛羅培斯主導下，他注重科學、手藝、工藝的結合，早期的教師伊登（Johannes Itten）教授基礎課程，著重紙材的造形練習，又有費寧格（Lyonel Feininger）爲印刷廠藝術指導，抽象畫家克利、康丁斯基教導學生深入探討線條與色彩的性質，並注重造形處理。一九二三年之後擅於抽象金屬雕刻的納基（Moholy Nagy）加入包浩斯，加上抽象畫家阿爾伯斯（Josef Albers），包浩斯學校成爲二〇年代歐洲最激進的藝術流派的據點之一。一九二三年葛羅培斯發表「科技與藝術結合」的演說，提出新的教育理念：「藝術與技術必須有一個新的統一」，之後包浩斯學校的建築科目異軍突起，當時的建築限於土木建築、工業與室內設計（即家具、陶器、紡織等方面）。學生透過基礎教育和工廠實習，達成工藝與產業結合。

在建築師葛羅培斯指導下，包浩斯在設計方面卻發展出驚人的成就，尤其它強調利用新技法、新材料、新技術，形塑出一套重空間講功效的設計法則。它的特點包括：

（一）在設計中強調自由創造，反對模仿因襲、墨守成規。

（二）將手工藝與機器生產結合起來，用手工藝的技巧創作高質量的產品設計，供給工廠大規模生產。

（三）強調各門藝術之間的交流融合，提倡工藝美術和建築設計向當時已經興起的抽象派繪畫和雕塑藝術學習。

（四）培養學生既有動手能力又有理論素養。

（五）把學校教育同社會生產連線。④

包浩斯的設計教育在當時是一項新的突破，更是一種新的設計學制，因爲它引進了許多工程學科的學分與工學院裡的工廠實習制度，區隔出當時歐洲設計教育的體制，主要是法國藝術學院（Ecole des Beaux-Arts）通稱「布雜教育體制」的學徒制。⑤

在抽象藝術的影響下，包浩斯的設計風格注重發展結構本身的形式美，講求材料自身的質地和色彩的搭配。以包浩斯培養出的學生布勞耶（Marcel Breuer）爲例，他所設計的鋼管皮革俱樂部扶手坐椅（一九二五），內部的結構造就了外觀的造形，機能設計的理念是當時包浩斯思想的支柱。另一件密斯（Ludwig Mies van der Rohe）一九二〇年代在包浩斯所做的懸桁式鋼管皮革坐椅設計，是包浩斯最著名的作品，也是鋼管家具中的經典之作。它優雅的弧線和組件搭配，充分展現了機器美學的風格品味。⑥

從歐洲大陸原有的設計教育體制來看，建築教育一直都高踞設計藝術集大成的頂端，建築師的養成就是包括了各種設計藝術分科能力的養成。所以包浩斯的目標始終都是培養全能的建築師。

包浩斯學校除了在教學方法的革新外，它另外一個引人注目的革新是包浩斯校舍，這是一九二五年包浩斯遷到德騷市（Dessau）由校長葛羅培斯及其助手設計完成。葛羅培斯在未擔任包浩斯學校校長之前，已經以一座他與梅耶（A. Meyer）合作，由鋼骨與玻璃結合的法古斯工廠的先進建築著稱。一九二六年落成的新校舍，包括教室、工廠、辦公室、禮堂、餐廳、學生宿舍等建築物，這個著名的綜合建築群高低錯落，多面伸展，組合靈活自然，蘊含了現代建築運動的理念，如平式屋頂、白牆、金屬邊框窗戶。這座建築群成為一種宣言，一種理性設計處理的示範，因為它源自於結構上的邏輯的次序，而非起源於任何新古典的對稱或比例規則的運用，同時它又源自於設計細部效果的豐富性，而非裝飾性。包浩斯大樓的建築特色，在先進的建築師之間幾乎成了泛世界性的，諸如非對稱、形式上呈矩形，以及明亮度，自然、節制的色彩，白色的牆壁，強調從新古典主義的厚重與優雅脫離。藉著鋼鐵與鋼筋混凝土的使用，在明亮度、空間、精確性上達到史前無例的效果。⑦包浩斯校舍把實用功能、材料、結構和建築藝術緊密地結合起來，是建築史上的一個重要的里程碑。⑧

一九二八年葛羅培斯離開包浩斯後，校務先後由Hannes Meyer及Ludwig Mies van der Rohe接任，一九三九年包浩斯為納粹所關閉。這所由建築師、藝術家及工匠所組成的包浩斯學校，雖然並非一所建築專業學校，但所有的訓練都與建築相關，每一項技藝都從屬於建築，一如它的創校宣言：「視覺藝術的最終創作目標就是完整的建築物。」

三、陳其寬與葛羅培斯

一九四八年陳其寬揮別住了二十七年的中國，從上海搭乘哥登將軍輪赴美留學，九月進入伊利諾州立大學建築研究所就讀。其實陳其寬最先是申請密西根大學，但他到密大校園一看，學建築的他並不喜歡密大，便轉到校園優美的伊利諾大學。

五〇年代美國的建築是現代主義思潮風行的時期。它源自於二〇年代歐洲現代主義建築的三位大師，其中兩位德國建築師葛羅培斯與密斯，正是包浩斯學校首任校長與最後一任校長，由於二次大戰流亡到美國，在學校任教，培養美國新派建築師，也把現代主義建築簡潔、少裝飾，發揮現代材料、結構和新技術的特質在美國播種。

陳其寬一九四八年在伊利諾大學建築研究所就讀時，上半年學的仍是法國古典學院派建築，下半年便改學包浩斯。一九四九年陳其寬畢業之後，一方面工作一方面在加州大學洛杉磯分校藝術系選修陶瓷、工業設計、室內設計、金工與油畫課程，並申請哈佛大學建築研究所碩士班，因爲研究所是由現代主義建築大師葛羅培斯所主持。一九五一年一月底正當他整裝欲回國之際，忽然接獲葛羅培斯的緊急電報，要他去哈佛大學報到。這戲劇性的轉變令陳其寬欣喜若狂，當他趕到哈佛大學與葛羅培斯見面後，卻因學費太貴而無法就學。葛羅培斯竟慨然網羅他在他的聯合建築師事務所（The Architect's Collaborative）工作，負責設計與繪圖。

葛羅培斯是一九三七年由英國轉赴美國，在哈佛大學擔任建築系主任。一九四六年他與七位出身哈佛大學建築系所的美國青年建築師，合作成立聯合建築師事務所。陳其寬雖然不是哈佛大學畢業，能被這位二〇年代歐洲現代主義大師網羅在門下，實非易事，也是千載難逢的機緣。他兢兢業業，一點也不敢懈怠，他把握每一個學習的機會，參與哈佛大學建築研究所的所有評圖討論，更努力地研讀設計學院圖書館中所陳列的歷年重要論文。從一九五一到一九五三年，他與葛羅培斯共事的三年時光，他設計了許多小住宅與學校，也受到葛羅培斯建築思想的薰陶。陳其寬說：「當初我所以決定到哈佛再讀研究所，就是因爲欣賞葛羅培斯，我不想到密斯那兒去，我對他不感興趣。葛羅培斯雖是我的上司，但他讓我們自由發揮，他給我的感覺是作風很自由；我們大家常常中午與他一起吃飯，一邊用餐，一邊討論每個人所負責的設計案。他是很仁慈的長者。如今事實證明很多有名的美國建築師都是出自葛羅培斯的門下，而不是密斯。」⑨

葛羅培斯是革新派的建築師，他的建築觀點是堅決地同建築界的復古主義思潮進行論戰，葛羅培斯在他所寫的《整體建築總論》（*Scope of Total Archítechure*）書中說：「我們不能再無盡無休地復古，……建築沒有終極，只有不斷地變革。」又說：「眞正的傳統是不斷前進的產物，它的本質是運動的，不是靜止的，傳統應該推動人們不斷前進。……現代建築不是老樹上的分枝，而是從根上長出來的新株。」⑩葛羅培斯鏗鏘的語句，表達他對保守主義的強力批判，也顯示出他作爲二十世紀新建築運動的思想領袖的氣概。葛羅培斯被認爲是新建築運動的奠基者和領導人之一，一九五三年在他七十歲之際，美國藝術與科學院舉辦「葛羅培斯討論會」，葛羅培斯的確是現代建築史上十分重要的革新家。

陳其寬說：「包浩斯教育強調有什麼材料、什麼工具就利用它，發展出它的特色，產生新的東西。所以我就想中國有特殊的紙、筆，爲什麼沒有充分發展，於是我便動手嘗試，做緩和、漸變的革命。」⑪

當陳其寬遇上這位充滿革新精神，現代建築史上最重要的建築大師時，他在創作上自然也充滿了革新意識，他大膽地展開各種實驗，發誓要從最簡單的工具、材質中，開拓出最大的可能性。陳其寬沒有學過中國繪畫，他一出手便與傳統繪畫截然不同。他來自現代主義建築的素養，加上他從小的書法功力，他的《足球賽》（一九五二）、《草原》（一九五三），畫面有著十足的設計性又融入中國書法線條的跌宕變化，點線忽大忽小，忽粗忽細，奔流不已，又像有著抽象表現主義的波洛克的「行動繪畫」。陳其寬把球員或馬兒快速奔馳的動態、動勢，表現得淋漓盡致。而球場上一條條又細又直的線，他是用傳統木匠畫線的「墨斗」彈出來的。他對中國畫的實驗，愈做興致愈高昂。《生命線》（一九五三）以簡筆描寫母豬的餵哺，中鋒、偏鋒靈活運用，留白的效果，內容的情趣，打破外國人對中國畫總是千篇一律，千年不變的迷思。

在葛羅培斯聯合建築師事務所工作一年後，他鍥而不捨的學習態度與敬業精神，有目共睹，葛羅培斯更把他推薦到麻省理工學院擔任建築設計講師。在教學上，他受到系上一位匈牙利籍的藝術理論家凱培斯（Gyorgy Kepes）造形試驗的啓發，他是包浩斯第三代，他所寫的那本《視覺語言》（*Language of Vision*）強調運用玻璃、塑膠等新素材的透明性，創造最大建築空間的可能性，開啓了他的新視野。同時凱培斯運用照相機所拍攝的各種水紋、閃光的新穎造形，更讓他驚異地發現現代科技對藝術的衝擊。⑫他關注肉眼透過物眼，如X光、顯微鏡、望遠鏡等現代科技，人的空間視野比單用肉眼所見的世界更爲寬闊而不可思議。同時系上另一位教授的摺紙結構作品也引發他莫大的興趣。

教書的陳其寬不忘觀摩其他教師的設計作品，工作時他又時時與葛羅培斯及同事討論，他逐漸浸淫在現代建築的國際時潮中。當時的哈佛建築系由葛羅培斯主導是純包浩斯的理論，而耶魯大學一九五〇年也有了包浩斯的傳人，阿爾伯斯從北卡羅萊納州的黑山學院（Black Mountain College）所開創的鄉村包浩斯，來到耶魯成爲藝術教學的負責人。而納基一九三七～三八年在芝加哥開創「新包浩斯」，逐漸發展出芝加哥設計學院。另外一位重要的包浩斯最後一任校長密斯（Ludwig Mies van der Rohe 1886-1970），一九三七年離開德國被任命爲芝加哥阿姆學院（Armour Institute）建築系主任，之後又設計整個校園的二十一棟建築物，芝加哥阿姆學院改組爲伊利諾理工學院。⑬以設計坐椅出名的布勞耶也在哈佛大學任教。

包浩斯學校在德國解散後，反而透過該校移居到美國的教師把包浩斯精神在美國發揚光大，加速現代設計運動及建築的風起雲湧。

再加上紐約現代美術館（MOMA）一九三二年舉辦「歐洲前衛建築展」，由建築部門的菲力普強生（Philip Johnson）策畫，展出的作品與作者百分之八十是包浩斯的成員與當時歐洲盛行的風格派。一九三八年舉辦「包浩斯一九一九～一九二八展」。現代美術館對包浩斯的推展與鼓吹，使得包浩斯的建築成爲「國際式樣」，包浩斯的設計法則、藝術與工業的相關法則、形式理論、教學方法也散播於歐美各地。陳其寬回憶道：「一九四八年我在伊利諾大學建築研究所時，上學期我們所學的是法國藝術學院建築，是畫希臘建築的五種石柱，如多立克（Doric）、愛奧尼亞（Ionic）等，由杜頭、杜身畫到杜基，十分重視比例，而且顏色由深畫到淺，還要畫天空背景，十分繁複。下學期學制則全改變了，學的是包浩斯擅用現代技術、材料的理論。包浩斯的路是大趨勢，我自然受到影響。」⑭由法國巴黎藝術學院派精細描摹古典比例的課程到包浩斯的新式課程，可謂建築的五四運動。

陳其寬由早年在伊利諾大學接觸到包浩斯理論，畢業之後又有幸進入現代主義建築大師葛羅培斯的聯合建築師事務所與他共事，包浩斯的理念與葛羅培斯的思想，無形中已感染了他，在五〇、六〇年代無論他的繪畫創作或建築設計早已見其端倪。

四、包浩斯的理論與陳其寬的建築及繪畫創作

就以一九六三年陳其寬與貝聿銘共同合作完成的「路思義教堂」而言，這座由地表上拔起，優雅地旋向天空的大弧度建築，極為簡潔、輕盈又婉約動人，是台灣獨一無二的建築，它完完全全是一個創新的建築形式，也是台灣唯一一座榮膺五〇至七〇年代，最能代表全球傑出建築的二十幢建築之一。它的特色在於：一、材料是鋼筋混凝土，不是木造或磚造。二、以薄殼技術製造。三、以雙曲面形成亦屋亦牆的四片建築形式。四、以格子樑為主要結構。五、結構本身即是形式的美感。這座建築完完全

全體現了包浩斯藝術家透過「發明」、「製造」的藝術創作形式，就像密斯（Ludwig Mies van der Rohe）所設計的那張包浩斯最出名的鋼管皮革坐椅，弧線優美簡潔。

現代主義常被批評爲背離地方特色，而路思義教堂是融合兩者，它有最新的材料、技術，也有地方色彩的琉璃面磚與中國建築的曲線，是陳其寬融創作上的巧思、詩意及包浩斯的理念而成。「不是用老方法去做，而是做當代的建築。所以我把薄殼建築引進來。」陳其寬說。[15]路思義教堂的創新形式及建築工法，不啻是包浩斯理念在台灣的實踐。漢寶德認爲「這可能是包浩斯精神在東方的最佳產品，簡單、合理、輕巧。結構、空間、功能的密切配合。」[16]其實先前五〇年代中期貝聿銘與陳其寬已把葛氏力倡的國際建築加以修正，融入地域性的歷史、文化，打造灰瓦、紅磚、斜屋頂，簡潔、統一、素雅的院落組群的東海大學，沒有雕樑畫棟，也沒有琉璃彩繪，契入現代建築簡潔無華麗雕飾的特質，是中國建築現代化的大膽嘗試。

陳其寬是國內第一個把薄殼建築引進台灣的建築師，早在路思義教堂興建的前兩年，他就已經用傘狀的薄殼建築建造東海大學的建築系館及藝術中心，他利用拋物雙曲面傘狀結構，做曲面傘狀屋頂，建築樸素無華，又有雕塑的美感。以藝術中心爲例，陳其寬擅用傘形的高低、大小變化，組成一個四合院空間。「最高最大的傘建成的大廳是正廳，較低較小的傘建成兩廂。中央的天井，凹下去形成戶外活動空間。利用傘的出跳，天井四周形成了廊子。」⑰所有的牆壁全漆成白色，是一座純白色的建築，再裝飾一個圓門洞及花瓶門，在綠色的相思樹旁襯及藍色晴空下，對比而悅目。記得葛羅培斯二〇年代所建的包浩斯校舍大樓牆壁也是被漆成白色，強調從新古典主義的厚重與幽暗脫離，而陳其寬的白牆建築也象徵著他要從東海大學五〇年代最早期的紅磚、灰瓦、斜屋頂的建築體系脫離，用革新的精神，再造一種六〇年代既傳統又現代的建築語彙。⑱陳其寬無形中已把包浩斯非對稱結構、色彩自然的建築特色與中國院落組織的虛實空間觀，作了巧妙的整合。

在他開辦東海大學建築系的六〇年代（一九六〇～一九六四）他在一年級講授「基本設計」課程是台灣首創包浩斯式的設計課程，他不但引進包浩斯的教育理念，訓練學生掌握結構的能力，並給予他們想像的揮灑空間，也邀請國外學者來評圖與演講，他除了注重學生的設計專業外，也加強學生的素描、水彩、油畫的藝術涵養。以一個浸淫在包浩斯教育的東海建築系，他們對當時台灣甚為流行的宮殿式建築甚無好感，都認為那是與時代脫節的建築，並以打倒宮殿建築為己任。陳其寬認為建築師應該要做這個時代的建築。⑲這座藝術中心既有現代的RC傘狀結構又富有中國建築的情趣，是他當時的精心力作，而且施工容易，省工又省料，很能彰顯出陳其寬常強調的理性與感性的平衡。其實他一直認為建築需具備四大原則：「一、適用，即指建築要讓使用者便於運作，合於人性尺度。二、經濟，在空間上、設施上不作不必要的浪費、虛飾。三、美觀，不譁眾取寵，要求理性與感性之間的平衡。四、結構合理，找出適合於不同空間的最經濟、合理的現代結構。」[20]就如葛羅培斯一九二五～二六年他在〈藝術家與技術家在何處相會〉的文章中寫道：「一件東西必須在各方面都同它的目的性相配合，就是說，在實際上能完成它的功能，是可用的，可信賴的，並且是便宜的。」又說：「藝術的作品永遠同時又是一個技術上的成功。」[21]這位深受葛羅培斯栽培並網羅在他的聯合建築師事務所工作的陳其寬，在建築思想上必然也深受葛羅培斯的精神感召。

陳其寬在建築上接受現代主義的思潮又結合自身中國文化的傳統，所呈現的現代建築，他的創作精神也體現在藝術作品上。首先他打破中國畫的皴法，畫中沒有傳統中國畫的既定皴法，他自己不斷嘗試、不斷實驗，開拓新技巧、新媒材，表現新內容、新美感。他在技法上：一、用蠟用礬：他不從正面畫而從紙背塗蠟或塗礬水，再層層敷染色彩，形成深淺不一的色調變化，如《威尼斯》（一九六〇）、《教堂》（一九六〇）。二、用水拓：在水中倒入墨汁，再滴灑松節油，當水面產生大小不一的白色圓點時，再噴上揮發性溶劑，便形成白色流動性的偶發效果，再用紙從水面拓出墨紋，如《雪》（一九七三）、《沙》（一九七三）。三、用墨拓：在排水性的膠布或玻璃上，塗刷墨色或墨點，再轉印到畫面上，便形成大小墨點的肌理變化，如《大雨如注》（一九五三）、《西山滇池》（一九五三）。四、用拼貼：以西方現代藝術的拼貼法，以日本金色花紙，燒去若干處，再用中國宣紙畫出山水，裱貼成畫，如《朱顏》（一九五七）。五、用轉印：用油墨將報紙圖像轉印在畫幅上，如《慾》（一九五七）。六、用滴色：筆中飽含濃厚的墨或色，用滴或灑或點於吸水性極佳的宣紙上，暈染出大小不一，多次交疊的圓形色點，如《暗流》（一九六六）、《生》（一九八三）。七、用點描：積點成線，千點、萬點，點出輪廓，如《蜉蝣半日》（一九六七）、《陰陽》（一九八五）。陳其寬常常多種技法混合使用，試圖以多元技法取代傳統皴法，發展新中國繪畫。

其次，一、在透視上，他以建築由上向下俯視的平面圖入畫，如《運河》（一九五二）、《街景》（一九五二），又將向前平視的立面圖入畫，如《西山滇池》（一九五三），也將橫切面的剖面圖入畫，如《陰陽》（一九八五），也有高空鳥瞰又轉動的視角，如《迴旋》（《天旋地轉》，一九六七）或《返》（一九八四）、《翔》（一九八五），或向天空筆直仰視的視角如《午》（一九六九）。二、在空間上，他常用窗，製造空間景深效果，有圓形、扇形、梯形、六角形窗，既可借景又可推移空間，營造框景式的空間，如《橋》（一九八八）、《夕夢客別》（一九六五）。有時他將空間壓縮透過科技的物眼入畫，如《縮地術》（一九五七）融合望遠鏡、廣角鏡、顯微鏡的視效。三、在構圖上，有時他採用中央對分，上下反置法，如《內外交融》（一九九三），由中央客廳的地毯作上下反置，日月並陳的景致鋪陳，再如《通景》（一九九二）由中央庭園一分爲二，樹木、框門、日月反置對稱。有時採用中央對分，上下旋轉，像建築上的雙曲面結構，如《巽》（一九八六）、《泰》（一九八六），前者他畫《易經》上「兩風相隨」的哲理，後者是畫「天地交而萬物生」，這是將《易經》的卜卦結合天象及他胸中的「意眼」而成。四、在內容上，有故國神遊的鄉愁之作，如《臥遊》（一九五七）、《深遠》（一九七九）。有簡單幽默的作品如《生命線》（一九五三），以簡筆描寫母豬的餵哺，勾勒法、沒骨法兼具；或《如膠似漆》（一九六六）、《童心》（一九七九），描寫夫妻、家族的和樂融融。也有將文學作品融入畫中，如《山門》（一九七八）從《水滸傳》而來；《仙》（一九八七）從《聊齋》小說中，狐仙變成美女的故事轉化成神祕幽玄的畫境；《朱顏》（一九五七）從李後主〈虞美人〉的詞意而來。也有升仙幻境的《方壺》（一九八三）或宇宙混沌初開的《一元論》（一九八四）及詮釋《易經》的哲思易理的卦象作品。

最後，在畫幅尺度上，如果不是狹而長，就是小而短。狹長的畫，一如他童年北京的五進大宅院，層層推進。無論是横式的手卷或縱向的捲軸，狹而長的畫幅，讓他在視點的移動、轉動或連續動作的時間、空間的表現上有更多揮灑的餘地，如早期作品《草原》（一九五三）、《足球賽》（一九五二）、《山城泊頭》（一九五二）。小而短的畫幅，往往情趣十足。如《渴》（一九六七）、《秀色可餐》（一九七九），以叮在女人大腿或西瓜上極力吸吮的蚊子爲主角，巧思十足。《大劫難逃》（一九七三），大筆直刷的大鳥，俯視地上悠哉玩耍，不知劫難當頭的蚱蜢。《可望而不可及》（一九六七）貓爪即將伸入缸中，欲擒小魚，驚心動魄，寓意兩岸關係。《少則得》（一九七六）一對金魚，分處兩缸，日日相見，不得相擁，溫馨又悲涼。這些小而美的畫作，是陳其寬以洞察萬物的慧眼，不斷開發想像，以寓意的象徵，簡練的形式與筆法，寄語無限。

五、結語

當西方的包浩斯遇到中國的毛筆，便成爲陳其寬終身面對的課題。由於他個人的因緣際會，在美國四〇、五〇年代現代主義建築風行之際，他留學美國並在現代主義大師也是包浩斯創辦人葛羅培斯的聯合建築師事務所工作，且又與葛羅培斯的學生貝聿銘合作規畫東海大學及路思義教堂。

陳其寬四〇、五〇年代在美國接觸到包浩斯理論的洗禮，使他無論在建築上，在繪畫上，不斷突破傳統窠臼，推陳出新，他的創新精神，不正是承襲著葛羅培斯所力倡的「建築沒有終極，只有不斷變革」的革新精神嗎？因爲包浩斯學校一九一九年的宣言的第一句話便開宗明義地說：「視覺藝術的最終創作目標就是完整的建築物。」陳其寬的建築與繪畫，正是一體的兩面，相輔相成。當他的詩意與巧思運用在建築上便成爲優美又簡潔、輕盈的路思義教堂，當包浩斯的革新精神發揮在繪畫上，便成爲不用皴法，自用我法的新技法、新美感的現代畫。

半世紀以來，陳其寬已爲二十世紀的中國繪畫開拓了全新的境界，他的繪畫與他所設計的路思義教堂，都是一個發明[22]，也是包浩斯精神在台灣的體現。

（原載《現代美術》二〇〇三年十二月，台北市立美術館出版）

註釋：

①見《民生報》一九九〇年八月二十八日第十四版報導。

②見《「中國·現代·美術」國際學術研討會論文集》李鑄晉講評，台北市立美術館，一九九一年一月。

③見Kenneth Frampton著，原山譯《現代建築——一部批判的歷史》，頁一六三，台北，六合出版社，一九九一年十月。

④見吳煥加《二十世紀西方建築史》，頁九六，河南科學技術出版社，一九九八年十二月。

⑤楊裕富〈從包浩斯到後現代〉，《歷史月刊》，頁八五～九三，二〇〇三年八月。

⑥Felice Hodges等著，李玉龍、張建成譯《新設計史》，頁九六，台北，六合出版社，一九九五年九月。

⑦Bill Risebero著，崔征國、何宏文譯《西洋建築故事》，頁三八〇～三八一，台北，詹氏書局，一九九九年二月。

⑧同註④，頁一〇〇。

⑨訪談陳其寬於其台北家中，二〇〇三年九月三十日。

⑩同註④，頁一〇一。

⑪訪談陳其寬於其台北家中，二〇〇三年六月二日。

⑫訪談陳其寬於其台北家中，二〇〇三年六月三十日。

⑬Tom Wolfe，From Bauhaus to our House，祝仲華譯《從包浩斯到我們的房子——現代建築的來龍去脈》，頁八二，台北，尚林出版社，一九八五年十月。

⑭同註⑨。

⑮訪談陳其寬於其台北家中，二〇〇三年七月七日。

⑯漢寶德〈情境的建築〉，收入《建築之心——陳其寬與東海建築》，頁二四，台北，田園城市文化出版社，二〇〇三年十一月。

⑰同註⑯，頁一九。

⑱陳其寬在二〇〇三年九月三十日的訪談中談到：「我就是不喜歡東海大學原來的紅磚、黑瓦的建築。」

⑲〈我們的師長陳其寬〉座談會，見《東海建築系創系四十周年專刊》，頁一七。

⑳陳其寬所堅持的建築四大原則見《民生報》一九九七年十一月二十三日，三十六版房地產掃描。

㉑同註④，頁一〇二，作者引自Architecture and Design: 1890-1939, New York, Tim and Benton. Ed., 1975, p. 147。

㉒同註⑯，頁二三，漢寶德說：「路思義教堂是一個發明。」

陳其寬　創作年表

1921

一九二一　生於北平。

一九二三　居江西南昌。

一九二五　居北平，私塾家教。

一九二九　居南京，私塾家教。

1930

一九三〇　小學教育於北平方家胡同小學，曾獲全校書法首獎。

一九三三　初中教育於南京中學及鎮江中學。

一九三七　高中教育始於安徽和縣鍾南中學。

1940

一九四〇　畢業於四川合川國立二中高中部。

一九四四　畢業於中央大學建築系，四川重慶沙坪壩。被徵調當印度戰區中美聯合遠征軍少校翻譯，足跡遍川、滇、黔、桂西南各省及印度、緬甸。

一九四六　任南京基泰建築師事務所設計師。

1940

一九四七　任內政部營建司技士。

一九四八　任南京美軍顧問團工程師。九月，入美國伊利諾州立大學建築研究所碩士班。

一九四九　獲美國伊利諾大學建築碩士學位。獲伊利諾州丹佛市市政廳設計第一獎。

1950

一九五〇　於美國加州大學研究繪畫、工業設計、陶瓷。

一九五一　任美國麻省劍橋葛羅培斯建築師事務所設計師。

一九五二　任美國麻省理工學院建築系講師。美國麻省理工學院藝術館個展。

一九五三　美國波士頓布朗畫廊個展。

一九五四　波士頓布朗畫廊個展。與紐約貝聿銘建築師合作設計東海大學。紐約懷伊畫廊個展。

一九五五　波士頓布朗畫廊個展。紐約懷伊畫廊個展。菲利浦學院萊蒙藝術館個展。

一九五六　獲美國《建築論壇》雜誌主辦青年中心全美建築競圖第一獎。

一九五七　紐約米舟畫廊個展。參加波士頓大學卜藍代斯大學聯合展出，耶魯大學藝術教授吳納孫博士在《藝術週刊》著文評為：「近年來最有創意思想之畫家。」赴日本、緬甸、泰國、歐洲等地作畫考察建築。返台灣主持東海大學建築事宜。

1950

一九五八　參加《時代雜誌》主辦之巡迴畫展。參觀比利時世界博覽會。赴緬甸、泰國、中東考察。

一九五九　美國包裝公司特約繪製「東方思想」畫系中之一幅〈放下屠刀立地成佛〉。赴歐洲旅行作畫。史丹佛大學教授、英國藝術評論家蘇利文著《二十世紀中國畫》中評為：「最具創造性之中國畫家之一。」

1960

一九六〇　返台灣任東海大學建築系主任。參加美國百年水彩畫展出。

一九六一　紐約米舟畫廊個展。任故宮博物院遷建工程顧問。紐約米舟畫廊個展。波斯頓設計研究畫廊個展。哥倫比亞大學個展。赴菲律賓設計西里蒙大學教堂，並旅行作畫，考察建築。

一九六二　密西根大學藝術館「十年回顧展」。紐約米舟畫廊個展。華盛頓佛瑞爾畫廊館長高居翰評為：「最認真探求中國畫新方向之藝術家，具有無窮之創造力。」維吉尼亞大學藝術館聯合展出，得博物館收藏獎。

一九六三　紐約休曼畫廊個展。赴埃及、地中海、希臘島嶼及印度旅行、作畫並考察建築。紐約米舟畫廊個展。東海大學路思義教堂落成，獲世界建築界重視。

一九六四　紐約米舟畫廊個展。

一九六六　參加「中國山水畫新傳統」在美巡迴展出，愛荷華大學李鑄晉教授評為：「具有慧眼之畫家。」

一九六七　當選為台灣十大傑出建築師。

一九六九　應舊金山重建局之聘，赴美設計舊金山中國文化貿易中心陸橋，並在舊金山市重建局舉行個展。赴歐洲旅行。設計中央大學全部校園規畫。

1960

1970

一九七四　香港藝術中心個展。

一九七五　赴越南、馬來西亞旅行作畫，並考察建築。

一九七六　台北美國新聞處「美國建國二百周年旅美畫家聯展」。赴沙烏地阿拉伯擔任老皇大學建築顧問。

一九七七　加拿大維多利亞畫廊個展。夏威夷白氏畫廊個展。赴約旦從事建築工程，並考察當地建築。加拿大巡迴個展。

一九七九　紐約布魯克林第六階層畫廊個展。

1980

一九八〇　任東海大學工學院院長。台北歷史博物館個展。台北春之藝廊「現代國畫試探展」聯展。彰化銀行大樓設計，獲台北市政府頒贈最優設計獎，合作建築師沈祖海。

一九八一　參加歷史博物館與巴黎賽紐斯奇美術館在巴黎的「中國傳統畫」聯展。

1980

一九八三　倫敦莫氏畫廊「近代中國畫」聯展。「二十世紀中國現代畫」聯展於香港藝術中心。水松石山房出版專集《藝術的體驗》。台北市立美術館主辦「中華海外藝術家」聯展。

一九八四　檀香山藝術學院（夏威夷）美術館個展。香港藝術節「二十世紀中國藝術討論會」聯展。

一九八六　「傘」出版社主辦「陳其寬回顧展」於香港藝術中心，展出作品一百幅。台北市立美術館主辦「水墨抽象聯展」。

一九八七　台北歷史博物館「現代繪畫新貌聯展」。加拿大溫哥華美術館主辦「水松石山房收藏展」。

一九八八　「北京國際水墨展」。樂山堂收藏展於香港及台北。

一九八九　樂山堂收藏展於香港及台北。

1990

一九九〇　台北市立美術館主辦「中國・現代・美術」國際學術討論會。馬里蘭大學郭繼生博士發表論文〈傳統的變革——陳其寬的藝術〉。

一九九一　樂山堂香港聯展。瑞士蘇黎世，瑞德伯美術館個展。台北市立美術館「陳其寬七十回顧展」，並出版專輯。

一九九二　第二屆「國際水墨畫展」於深圳。

一九九四　「中國現代水墨大展」於台灣省立美術館。高雄市立美術館開館展。

一九九六　台北歷史博物館柏林行前預展。柏林東亞美術館個展。當選台灣首居傑出建築師。

1990

一九九八　中央大學藝文展示中心「陳其寬個展」。

一九九九　牛津大學Ashmolean美術館個展。

2000

二〇〇〇　東海大學建築系四十周年舉辦「建築之心——陳其寬與東海建築研討會」。「陳其寬八十回顧展」於北京中國美術館及上海美術館，並出版專輯。

二〇〇三　台北市立美術館「雲煙過眼——陳其寬的繪畫與建築」展，並出版專輯。

二〇〇四　中央大學頒贈文學榮譽博士。《空間・造境・陳其寬》傳記出版。榮獲第八屆國家文化藝術基金會美術類文藝獎。

二〇〇六　《一泉活水——陳其寬》出版。

INK PUBLISHING
People 3
一泉活水——陳其寬

作　　者　鄭惠美
總 編 輯　初安民
責任編輯　陳思妤
版型設計　許秋山
美術編輯　張薰芳
校　　對　吳美滿　鄭惠美　陳其寬

發 行 人　張書銘
出　　版　INK印刻出版有限公司
台北縣中和市中正路800號13樓之3
電話：02-22281626
傳真：02-22281598
e-mail：ink.book@msa.hinet.net
法律顧問　林春金律師

總 經 銷　成陽出版股份有限公司
業務部／訂書電話：02-22256562　訂書傳真：02-22258783
訂書地址：台北縣中和市中正路800號11樓之2
e-mail：rspubl@sudu.cc
網址：舒讀網http://www.sudu.cc
物流部／電話：03-3589000　傳真：03-3581688
退書地址：桃園市春日路1490號
郵政劃撥　19000691 成陽出版股份有限公司
門市地址　106台北市新生南路三段96-4號1樓
門市電話　02-23631407
印　　刷　海王印刷事業股份有限公司

出版日期　2006年5月　初版
2006年5月10日　初版二刷
ISBN 986-7108-33-7
定價　260元

財團法人|國家文化藝術|基金會 贊助出版

國家圖書館出版品預行編目資料

一泉活水——陳其寬／鄭惠美 著.
--初版，--臺北縣中和市：INK印刻，
2006〔民95〕面；　公分（people；3）

ISBN 986-7108-33-7（平裝）
1.陳其寬-傳記

782.886　　95006148

INK INK INK INK INK INK
INK INK INK INK INK
INK INK INK INK INK INK
INK INK INK INK INK
INK INK INK INK INK INK
INK INK INK INK INK
INK INK INK INK INK INK
INK INK INK INK INK
INK INK INK INK INK INK
INK INK INK INK INK
INK INK INK INK INK INK
INK INK INK INK INK
INK INK INK INK INK INK
INK INK INK INK INK
INK INK INK INK INK INK
INK INK INK INK INK
INK INK INK INK INK INK
INK INK INK INK INK
INK INK INK INK INK INK
INK INK INK INK INK
INK INK INK INK INK INK
INK INK INK INK INK
INK INK INK INK INK INK
INK INK INK INK INK